모던보이

망하거나 죽지 않고 살 수 있겠니

모던보이

망하거나 죽지 않고 살 수 있겠니

이 지 민
장편소설

문학동네

차례

1. 아틀란티스

전차가 멈추는 순간 비가 쏟아지기 시작했다.

사람들이 맨 앞에 서 있던 나를 밀치면서 내렸다. 그들은 일제히 손바닥으로 머리를 가리고는 뛰었다. 모두 검은 코트의 단춧구멍 같은 어두운 골목 속으로 잘도 숨어들어갔다.

나는 그냥 전찻길 한가운데 서 있었다. 순식간에 나는 젖었다. 종로 네거리 그 수많은 사람들과 빌딩들과, 간판들 가운데 내가 제일 먼저 젖었다. 따라서, 마음만 먹는다면 제일 먼저 마를 수도 있었다. 하지만 나는 계속 그 자리에 서 있었다.

멍청히 서 있는 나를 향해 검은색 포드 세단 한 대가 바로 무릎까지 무섭게 돌진해오더니, 고양이처럼 부드럽게 스쳐 지나갔다. 그 뒤로, 소나무 땔감을 가득 실은 수레가 삐거덕거리며 헤매는 사이, 회색 비크 택시가 짜증스럽게 클랙슨을 울려댔고, 그 옆으로 출장 기생을 태운 인력거꾼이 지카다비를 힘차게 구르며 내달렸다. 발판에 가야금을 꼿꼿이 세우고 앉은 기생이 쫄딱 젖은 나를 무표정한 얼굴로 바라보며 스쳐갔다.

어느새 다음 전차가 푸우푸우 물길을 헤치며 달려오고 있었다. 완벽히 젖은 난, 더이상 젖을 수도, 더이상 운이 없을 수도, 더이상 슬플 수도 없었다. 나도 전차와 함께 달리기 시작했다. 이 빗물에 잠겨버리기 전, 어서 빨리 아틀란티스를 찾아야만 했다.

"오늘도 혼자네요…… 스와니라고 해요."

스와니는 신여성 사이에 최신 유행하는 눈화장을 하고 있었다. 작은 눈 위에 털 하나 없이, 똑 부러진 나뭇가지 같은 두 개의 펜 자국만이 남아 있었다. 그녀는 그게 다 자기의 매력이라는 듯 두 눈썹을 힘차게 꿈틀거리며 미소지었다.

"무정에서 본 적 있어요…… 무정이요. 명치정에 있는. 그때도 혼자 왔잖아요. 마담한테 누굴 찾는다고 물어보고 그랬죠? 그 여자 찾았어요?"

'아틀란티스'도 다른 카페들과 똑같았다. 손거울처럼 작고 뿌연 조명, 질 나쁜 축음기에서 흐르는 시끄러운 재즈 선율, 그 소리를 완전히 무시한 채 속닥거리는 연인들. 그리고, 기생 출신의, 또는 출신을 알 수 없는 다양한 여급들. 다만 다른 점이 있다면 다른 카페들보다 습기가 좀더 많다는 것뿐이었다.

스와니는 깊게 숨을 들이마신 후, 비둘기만한 담배연기를 뿜

어냈다. 뚱뚱한 회색 비둘기는 실내를 가득 메운 뿌연 습기 속
으로 뒤뚱거리며 날아갔다.

"어머. 제가 실례되는 질문을 한 건가요?"

스와니의 눈썹이 갈매기 날개처럼 힘차게 파닥거렸다. 갈매기
역시 그녀로부터 미련 없이 날아가버릴 것 같았다.

"아닙니다."

분명 예쁜 여자도 있을 텐데, 카페에 오면 왜 꼭 화장 이상하
게 한 못생긴 여자들만 말을 거는 것일까. 나는 잔에 묻은 위스
키 방울을 손가락으로 꾹꾹 눌렀다.

"요새는 뭘 잃어버리는 사람들이 너무 많아요. 가게 닫을 때
보면 모자며 단장이며 주인을 잃어버린 불쌍한 물건들이 한가득
이라니까요. 그러나…… 애인을 잃어버린 사람은 드물죠."

스와니는 의미심장하게 눈을 찡긋거렸다.

"하지만. 나라도 잃어버린 판국인데 그까짓 애인쯤이야 뭐 대
수겠어요?"

스와니는 내가 개인적으로 무척 경멸하는 종류의 유혹을 시도
하고 있었다. 그건, 남자의 비뚤어진 넥타이를 고쳐주거나, 거울
도 안 보고 뒷머리를 땋는 일처럼 여자들에게는 그저 누워서 떡
먹기인, 지극히 무성의하고 저급한 수준의 유혹이었다. 짜증과
초조함으로 녹초가 돼 있는 나에게 스와니는 최악이었다. 제발
사라져주기를 바라며 난 내 마지막 성의를 다해 대답했다.

"나라를 찾는 것보다 애인을 찾는 게 더 어렵습니다."

"어머. 정말 대단한 로맨티스트네요! 하지만 조금 실망인데요……"

안타깝게도 스와니는 오히려 내 옆으로 더욱 바짝 붙어앉더니 내 어깨에 자신의 손가락을 천천히 하나씩 올려놓기 시작했다.

"잃어버린 건 빨리 잊어버리는 게 좋지 않나요……"

스와니의 소중한 시간을 절약해주기 위해 나는 내가 어떤 남자인지 시급히 알려줄 필요가 있었다. 그래서, 나는 술잔을 높이 들어올렸다. 그리고, 가볍게 손을 놓았다.

"제발 좀 그냥 내버려둬, 이 여자야! 비켜, 안 비켜?!"

내동댕이쳐진 술잔은 테이블 위에서 빙그르르 춤을 췄다. 놀라서 입이 벌어진 스와니의 이마에 흙탕물처럼 맑고 누런 위스키 방울이 방울방울 맺혔다. 스와니는 눈을 끔벅이며 손등으로 이마를 찍어 맛을 보고 나서, 잠시 멍하니 테이블을 바라보더니, 갑자기 흐뭇한 반격의 미소를 지으며 그 큰 얼굴을 내게 들이밀었다.

"제가 도움이 될 만한 얘기 하나 해드릴까요? 여자는요…… 자기를 보고 싶어하는 사람 앞에는 절대 안 나타나요. 특히 당신 같은 사람한테는!"

스와니는 입술을 움찔거리며 벌떡 일어났다. 그리고는 서류용지에 급하게 휘갈겨 쓴, 누군가의 성의 없는 사인 같은 일자 눈썹을 힘차게 휘날리며 내 곁에서 떠나갔다.

"여자들한테 무시당하는 게 취미로군."

짙은 그림자 하나가 내 곁에 앉고 있었다.

"오셨습니까?"

백상허는 인사도 받지 않고 모자 속의 두 눈을 빛내며 재빨리 주위를 살폈다. 발목까지 오는 레인코트와 콧등까지 덮은 파나마 모자. 그는 오늘도 역시 커다란 옷과 모자 속에 작은 몸을 숨긴 채 눈빛만을 빛내고 있었다.

"어떻게 됐습니까? 알아냈습니까?"

"목소리 좀 줄이지."

백상허는 누군가에게 쫓기고 있는 사람처럼 테이블의 재떨이에까지 적의와 의심의 눈초리를 보내며 사방을 훑어보았다. 나는 불현듯 백상허를 만날 때마다 매번 느끼는 감정인, 왠지 모를 미심쩍음과 회의가 또다시 고개 드는 걸 느꼈다.

"내 고객 중에 자네처럼 멍청한 놈은 없었어. 한 여자를 두 번씩이나 잃어버리다니."

"제가 멍청한 놈이란 거 이제 알았습니까? 저도 제발 제가 다른 사람이면 좋겠어요!"

나는 고통과 분노의 식은땀을 귀고리처럼 대롱대롱 매단 채 씩씩거리며 백상허를 바라보았다.

"얼굴이 말이 아니군. 고생했어."

"괜찮습니다."

백상허의 의외의 친절한 반응에 왠지 더 울적해졌다. 지난 며칠간의 악몽 같은, 악몽처럼 무섭고 끔찍했던, 그러나 한편으론 과연 내가 주인공인가 하는 생각이 들어 흥미롭기도 했던 그 숨찬 기억들이 떠올랐다. 그러자 힘이 더욱 쭉 빠져나갔다.

"혹시 이십세기모던이미지댄스구락부라고 들어봤나?"

"……뭐요?"

"요즘 경성 시내에서 유행하는 비밀 댄스모임 중 단연 최고라네. 단속을 피해 술집이나 도박장, 찻집 등 비밀 장소를 돌아다니며 춤판을 벌이는데, 별천지라더군. 마약에, 도박에, 경성에서 예쁘다고 소문난 모던보이와 모던걸들은 다 모인다네. 얼마나 치밀하고 신속한지 그 날고 긴다는 경무국 순사들도 신고가 들어와 출동해보면 구두끈 하나 떨어진 것 없이 완전 철수라더군. 그런데, 이런 거 조사해서 통계 내는 게 자네 전공 아니었나? 어쩜 그렇게 모르고 있지?"

"그 수많은 카페 안에서 무슨 일들이 일어나고 있는지, 제가 그것까지 알아야 합니까?"

"구활구락부라고, 물론 못 들어봤겠지. 그리 널리 알려지진 않았지만 그래도 신흥 단체 중에 제법 유명한 편이지. 좀 특이한 단체야. 돈 많은 젊은 사업가가 가장 많고, 영화배우나 가수, 소설가 등 문화계 사람들이 아주 많아. 일본인도 있다던데. 워낙 예능계 쪽이 많아 그냥 젊은 부자들의 친목모임 정도로 알고 있었는데 그게 아니었어. 이번에 해체된 건재동우회가 이승만 계열이라면 구활구락부는 만주 쪽하고 손잡고 있다는군. 실업단체 친목모임으로 위장한 채, 보니까 무슨 축구대회도 열고 하던데,

만주에 있는 독립운동단체들에 자금을 대고 있던 거지. 저번에도 꽤 보냈다던데 용케 피해갔나봐.”

“알아서 잘들 했겠죠.”

“아마 총독 취임 후 있을 독립운동단체 강제해체에 일순위로 올라가 있다지. 겉모습과는 달리 결코 만만한 단체가 아니야. 단순히 자금 조달만 하는 게 아니라, 사애단이라고 자체 내 테러 단체를 가지고 있지.”

난 약간의 본능적인 두려움을 느끼며 물었다.

“그런데, 그 사애단인지 이십세기모던이미지댄스구락부인지 뭔지랑 그게 다 조난실과 무슨 상관이란 말씀입니까?”

“내일 모레 총독 취임식에 맞춰 일을 벌일 거라는 소문이 자자해. 밀입국한 전문 테러리스트들도 문제지만 사애단처럼 조직적으로 준비한 단체가 가장 무섭지. 하지만 잡을 수가 있어야지.”

“날아가는 새도 떨어뜨리는 일본 경찰이 왜 못 잡는다는 말입니까?”

백상허는 묘한 웃음을 지으며 대답했다.

“이십세기모던이미지댄스구락부가 바로 사애단이거든. 경성 시내 카페들에 모조리 불을 지르기 전에는 죽어도 못 잡지.”

난 숨을 고르며 낮은 목소리로 천천히 요청했다.

“이젠 완전히 정리해주세요.”

백상허는 고개를 들어 나를 보았다. 그의 칼날 같은 두 눈에 무척 딱한 얼굴로 침을 꿀떡 삼키고 있는 내 모습이 비쳤다.

"그 조난실이가 바로 이십세기모던이미지댄스구락부 최고의 댄서라네."

나는 아틀란티스 속으로 가라앉고 있었다. 이미 가라앉은 그곳으로부터, 다시는 태양의 그림자도 볼 수 없는 더 깊은 그 어딘가로. 뽀글뽀글……

그러나, 정신이 아득해지는 가운데 가까스로, 이렇게 스스로를 수장시킬 수 없다는 걸 곧 자각하고는 한줄기 빛이 새어들어오고 있는 물살 틈으로 세차게 머리를 들이밀었다.

"말도 안 돼요! 조난실이는 그냥 카페 여급, 남자 사냥꾼, 거짓말쟁이, 게다가 제 여자친구일 뿐입니다. 조난실이 춤을 추다니. 노래도 얼마나 못하는데. 믿을 수 없습니다!"

악을 쓸수록 목만 잠겨왔다. 백상허는 담담한 목소리로 말했다.

"나를 못 믿겠다는 건가, 조난실을 못 믿겠다는 건가?"

그 질문엔 대답할 길이 없었다. 나는 아틀란티스의 뿌연 심연을 바라보며 힘없이 물었다.

"그녀는 지금 어디 있습니까?"

"어디 있는지는 몰라도 아마 춤을 추고 있겠지."

백상허는 주머니에서 쪽지 하나를 꺼내며 덧붙였다.

"물고기가 바위틈에 숨는 것보다 재빨라서 아마 힘들 거야. 모레 일을 끝내고 나면 아마 먼 데로 숨겠지. 찾으려면 그전에 찾아야 할 거야. 행운을 빌겠네."

쪽지를 주는 백상허의 손등에 누런 잡초 한줄기가 붙어 있었다. 침대 위의 꼬부라진 짧은 털처럼 의혹의 냄새를 짙게 풍기는 그 황금 잡초 한줄기를 바라보며 난 입을 열었다. 왠지 그 말을 해야 할 것만 같았다.

"선생님도…… 행운을 빕니다."

우리는 건배를 하며 서로의 안녕을 기원했다. 백상허가 먼저 나갔다. 나도 위스키 잔을 비우고 일어났다.

비는 그쳐 있었다. 소나기가 지나간 여름 저녁, 노을 대신 노을만큼 붉은 네온사인이 회색 하늘과 빌딩들을 아름답게 물들이고 있었다. 비에 젖은 콘크리트 벽은 하루 정도 면도 안 한 청년의 턱처럼 까끌까끌하니 상큼했다.

일곱시는 넘은 것 같으나 정확히는 알 수 없었다. 어쨌거나, 긴 밤이 시작되고 있었다.

신임 총독의 취임식이 내일 모레, 운 좋으면 오늘밤에 만날 수도 있고, 오늘 안 되면 내일도 있고, 그러나 내일 모레는 없다. 조난실이 경성을 뜨기 전, 어서 빨리 찾아야만 한다. 찾는다고 무엇이 어떻게 될지는 알 수 없지만, 우선 찾자. 만나자. 만나서 애기를 하든 배를 걷어차든, 어쨌든 만나자.

만나면 알 수 있을 것이다. 조난실이 과연 누구인지. 애인에게 물을 먹인 구제불능의 악녀인지, 그야말로 숭고한 독립의 여신인지. 그 정체를 밝혀내기 전에는 아무도 맘대로 이 경성을 떠날 수 없고, 들어올 수도 없다. 제아무리 총독일지라도.

2. 그녀

미스코시 백화점 이층 갤러리에서는 일본의 유명 서양화가 오바 요조의 전시회가 열리고 있었다. '육군 신병기전람회'나 '이토 히로부미 유품전'처럼 전국 각지의 일본인들이 딸그락딸그락 게다 소리를 요란하게 울려대며 모여드는 대규모의 행사는 아니지만, 지금 일본에서 모던한 화풍으로 한창 주가를 올리고 있는 신진 유명 화가의 전시회여서 문화계와 사교계의 관심은 뜨거웠다.

이른 시간이었는데 이미 경성 시내 내로라 하는 인사들의 부인들은 다 모여 있었다. 부인들은 여학생들처럼 두서넛씩 손을 잡고 몰려다니며 그림들을 구경하고 있었는데, 그림을 보는 시간보다 자기들끼리 머리를 맞대고 떠드는 시간이 더 많았다. 그러나 정작 감상을 방해하는 것은 그녀들의 수다 소리가 아니었다. 여인들이 저마다 머리에 쓰고 있는 가지각색의 모자들이 문제였다. 경성 여자 반은 쓰고 다니는, 눈썹을 완전히 가리는 클로시 모자, 메마른 조화가 달린 토크 모자, 운동하다 온 것 같은 하얀 세일러 모자, 막 목욕탕에서 나온 것처럼 보이는 실크 터번, 학교종처럼 얄밉게 생긴 모자, 챙이 넓은 모자, 챙이 없는 모자, 꽃이 달린 모자, 안 달린 모자, 높은 모자, 낮은 모자…… 어느 모자는 그림보다 컸고, 어느 모자는 그림과 똑같은 색이었고, 어느 모자는 초상화의 얼굴 부분에서 절대로 떨어지지를 않았다. 천장과 바닥 가운데쯤에서 떠다니고 있는 모자들 때문에 그림 감상은 불가능했고, 그래서 모자를 쓰지 않은 난 너무 억울했다. 그날 나는 신스케와 함께 그곳에 갔었는데, 우리가 조선은행에 조사할 게 있다고 거짓말을 하고 근무시간에 몰래 빠져나온 이유는, 우리 둘 다 그림에 대단한 조예가 있어서가 아니라, 당연히 여자 때문이었다. 그날 아침 사무실로 걸려온 전화를 받은 신스케는 갑자기 파랗게 질린 얼굴로 네게 말했다.

"유키코가 좀 보자는데. 목소리가 심각했어. 같이 가줄래?"

유키코와 내 친구 신스케는 연인 사이로 둘은 거의 모든 불륜 커플들이 그렇듯 좀 복잡한 문제를 안고 있었다. 신스케는 유키코와의 관계를 끝내려고 노력중이었고, 유키코는 절대 그럴 의향이 없었다. 둘은 아침부터 그 문제에 대해 토론할 모양이었다.

불륜의 행각이 자연스럽게 몸에 밴 신스케가 빠져나가기 제일 쉬운 입구 쪽에서 그림 보는 척을 하며 어슬렁거리는 사이, 나는 홀 가운데에 있는 〈이브의 혀〉란 이상한 제목의, 불량 주화를 확대해놓은 듯한 동글납작한 브론즈상 앞에 친구와 정부의 숨막히는 불륜 접선 광경을 지켜보기 위해 섰다.

잠시 후 입구가 떠들썩하더니, 총독부 총무국 인사국장 시마의 부인이자, 내 친구 신스케의 애인이며, 그리고 내가 거의 유일하게 그 매력을 인정하는 일본 여인 유키코가 나타났다.

그녀는 매력적이었다. 대개의 일본 미인들이 보여주는, 어쩔 때는 달려가서 기모노 등짝을 후려치고 싶은 충동을 느끼게 하는, 세계 최고의 정숙함과 친절함이 그녀에게는 없었다. 그녀는 소문난 바람둥이로 자신의 부정을 우아하고 유쾌하게 즐길 줄 아는 여자였다. 나는 언제나 그녀의 그 점을 높이 샀다. 온갖 간계와 부정을 은폐하기에만 바쁜 이 거친 사회에서 자신의 잘못을 여유 있고 부드럽게 표현한다는 것이 어디 쉬운 일인가. 그건 정직하고, 또 매력적인 사람에게만 가능한 일이다. 이 정직과 매력이라는 측면에서 유키코와 신스케는 오누이처럼 닮은 한 쌍이었다. 물론 신스케는 약간 양상이 다르긴 하지만, 어쨌거나, 그 둘은 각각 남편과 부인이 따로 있다는 게 믿어지지 않는 완벽한 커플이었다.

검은 망사가 달린 다이아몬드형 은빛 비로드 모자를 쓴 유키코는 부인들과 따분한 인사를 정겹게 나누는 사이사이 부지런히 신스케에게 그들만의 신호를 보내고 있었다. 그 신호가 정확히 무슨 뜻인지는 모르겠지만 꽤 다급하게 무언가를 비난하는 눈치였다. 신스케는 짐짓 심각하게 그림을 감상하는 척하며 잽싸게 유키코의 눈빛을 낚아챘다. 그때였다.

"왜 당신은 작품을 가리고 서 있나요?"

내가 다른 이의 사랑을 구경하는 사이 내게도 무언가가 다가와 있었다.

잠에서 막 깬 듯 콧소리가 심한 여자의 목소리가 시끄러운 실내의 소음을 뚫고 내 귀에 벌레처럼 탁— 달라붙었다. 그 목소리는 평범한 것이었지만 이상하게 내 귀는 그렇게 받아들이려 하지 않았다. 오동나무로 만든 채집함 속에 핀으로 꽂아 영원히 간직하고 싶을 정도로 부드럽고 특별한 목소리였다.

"뭐, 별볼일없는 작품입니다."

남자가 괜히 무례하게 굴 때는 다 이유가 있는 법. 나는 우선 무례함으로라도 그 목소리를 잡아두어야만 했다.

"그래도 제 눈으로 확인해보고 싶은데요."

확인해보고 싶은 것은 바로 나였다. 나는 떨리는 마음으로 천천히 뒤를 돌았다. 여자는 깜짝 놀랄 정도로 내 바로 뒤에 서서 나를 올려다보고 있었다. 여자는 나의 검은 뒤통수를 오랫동안 감상하고 있었던 것 같았다. 그녀는 내 삐쭉 솟은 머리카락은 물론 머릿속까지 모두 구경한 듯 꽤 흡족한 표정이었다.

"볼 수 없다면 제목이라도 알 수 있을까요?"

그녀는 웃으면서 게임을 이어갔다.

"이브의 혀…… 제목입니다."

어려운 수수께끼를 던진 것처럼 난 흐뭇해했다. 그러나 여자는 머뭇거리지도 않았다.

"그럼, 작품의 주제가 뭔가요?"

여자는 이브가 선악과를 씹듯이 두 볼 가득 상큼한 미소를 씹으면서 응대했다.

"아마…… 원죄의식일 겁니다."

평소에 그렇게 똑똑한 내가 이런 중요한 순간에 이런 융통성 없고 미련 곰 같은 대답을 서슴없이 해버리다니. 나 자신을 도저히 용서할 수 없는 순간이었다. 아니나 다를까, 여자는 픽─ 웃음을 흘리며 말했다.

"어쩐지 이젠 별로 보고 싶지 않은데요. 그럼, 다음에 더 좋은 작품 앞에서 만나도록 하죠."

그녀는 등을 돌렸다.

그리고는, 마치 달리는 차창 너머로 풍경 하나가 스쳐가듯 눈꺼풀에 시원한 바람의 느낌만을 남기고는 사라져버렸다. 그녀의 검은 머리는 순식간에 수많은 각양각색의 모자들 사이로 숨어버렸다. 그녀는 분명 모자를 쓰고 있지 않았는데 난 그녀를 찾을 수 없었다. 그녀는 모자 없이도 자신의 뒷모습을 숨길 줄 아는 여자였다.

나는 한동안 그 자리에 그냥 서 있었다. 꿈에서 깨어났을 때처럼 멍하고 슬픈 느낌에 휩싸인 채, 그건 누구에게도 설명할 수 없는 느낌이었다. 내가 꾼 꿈은 잠에서 깨기 전, 아주 짧은 몇 초 동안 꾸게 되는, 느낌만이 남을 뿐 죽어도 그 내용을 다시 기억할 수 없는 그런 종류의 꿈이었다.

미스코시에서 나온 후 걷기 시작했다. 신스케와 유키코가 어디로 갔는지는 관심도 없었다. 그날이 그들에게 무척 중요한 날이었을지 모르나 나만큼은 아니었다. 나는 그주 내에 완성해야할 보고서들이 수북이 쌓여 있는 총독부 이층 사무실로 서둘러 돌아가야만 했지만, 인력거도, 전차도, 택시도 타지 않았다.

난 그냥 걸었다.

봄. 4월의 햇살. 비가 내린 지 오래 되어 먼지가 쌓인 거리의 나무들과 간판들은 재채기라도 해댈 것 같았지만 내 눈에는 그저 상쾌하게만 보였다. 막 피어오르고 있는 연둣빛 아카시아 가로수는 너무도 상큼했고, 그 잎새 사이로 쏟아지는 눈부시게 하얀 햇살은 꼭 눈이 내리는 것만 같았다.

그렇게 모두 빨리 달리고만 있는 거리에서 나만이 천천히 걷고 있었고, 그리고 또, 나만이 웃고 있었다.

인력거, 전차, 자전거, 택시에 탄 사람들, 그냥 걷는 사람들, 모두 똑같이 무표정했지만 난 웃고 있었다. 배시시 웃는 입 속으로 쉴새없이 먼지가 들어왔지만 난 그것들을 설탕 깨물 듯 혀를 돌려 살살 녹여 먹었다. 경성부청 앞을 지날 때 일본 순사들이 나를 보고 수상하단 눈빛으로 숙덕거렸지만, 나는 그들의 동그랗게 흰 다리가 너무 귀여워 활짝 웃어주었다. 나는 행복했던 것이다.

이름도 모르는 여자와 그저 한두 마디 나눈 것에 불과한데 내가 왜 그랬을까. 남자로서의 직감 그것은 애인의 수첩에서 낯선 약속장소의 메모를 볼 때마다 찾아드는 여자들의 편리하기 그지없는 직감하고는 전혀 다른 차원의 것으로서, 남자의 직감은 일생에 몇 번 찾아와주지 않지만 한번 왔을 때는 잔인할 정도로 정확한 것이다. 바로 그것이었다.

그날 난 처음 무지개를 본 아이의 마음으로 내 운명을, 사랑을, 무엇보다 기적을 예언했다.

기적은 이루어졌다. 일주일 후 나는 다시 그녀를 만날 수 있었다.

마지막회가 상영중인 극장 안은 집으로 돌아가기 아쉬운 연인들로 가득했다. 그들은 좀더 뜨겁고 좀더 먼, 서로의 어딘가를 만져보기 위해 열심히 꼼지락거리고 있었다. 온전히 영화만을 감상하고 있는 관객은 할 일 없는 몇몇 중늙은이들과 나밖에 없었다. 영화가 끝나자마자 난 서둘러 자리에서 일어났다.

종로 거리는 다른 날과 마찬가지였다. 골목마다 술 먹은 남자들이 밤하늘을 바라보며 슬픈 목소리로 중얼거리고 있었고, 정거장의 사람들은 모두 한 방향으로 고개를 기울인 채 가끔씩 시계를 쳐다보며 서 있었고, 여자들은 여관 담벼락에 기대어 괜히 핸드백을 무릎으로 툭툭 차대고 있었다.

단성사의 다음 상영작 포스터에는 어느 놈이 그랬는지 여자

주인공 육체파 현방란의 두 눈과 젖꼭지에 까맣고 동그란 담배 구멍을 뚫어놓았다. 난 그걸 보고 혼자 낄낄거리며 주머니에서 성냥을 찾았다. 성냥은 없었다. 담뱃불을 빌리기 위해 주위에 젊은 사람이 없나 두리번거리고 있을 때였다.

귀밑에 살짝 그늘을 드리우는 풍성한 단발머리, 가슴과 허리를 싸악 안고 있는 하얀 블라우스, 하얗고 동그란 무릎을 살살 간질거리며 날리고 있는 남색 스커트, 통통한 종아리를 꼬옥 감싸고 있는 크림빛 실크 스타킹, 펜촉처럼 뾰족한 검은 하이힐. 그녀는 사탕을 조르는 아이처럼 귀엽고 안타까운 모습으로 그 작은 하이힐 위에 서 있었다. 뭐라고 혼자 중얼거렸나. 그녀의 입술에서 하얀 입김이 폴폴 흘러나왔다. 따뜻한 봄밤이었는데 내 눈에는 왜 그렇게 보였을까. 그녀의 바로 뒤에 일본 포드의 요란한 광고판이 서 있었는데, 황금달걀 같은 노란 전등들로 둘러싸인 그것은 그녀를 빛내주기 위해 누군가가 미리 갖다놓은 것처럼 보였다. 빛에 둘러싸인 그녀는 환영이었다. 모든 빛들이 그녀를 통과하고 있었다. 네온사인, 가로등, 전차와 자동차의 라이트, 옆을 지나가는 신사의 담뱃불, 심지어 어딘가 있는 별빛까지 모든 빛은 그녀를 통하지 않고는 원하는 곳에 도달할 수 없었다. 아니, 빛들이 원하는 곳은 오직 하나, 그녀뿐이었다. 빛들은 오로지 그녀를 만나기 위해 먼 과거로부터 죽지 않고 여기까지 온 것이다. 나도 빛이 되어 그녀에게 날아갔다. 내가 유난히 눈부셨던 것일까. 그녀가 내 쪽으로 고개를 돌렸다.

우리는 화신 쪽으로 걷다가 타워 음악당 바로 뒤에 있는 파고다 다방으로 들어갔다. 우리는 마주 앉아 정상적인 순서대로 지극히 사무적인 질문들을 주고받았다. 물론 그 사이사이로 서로의 의중을 탐색하는 아슬아슬한 시선이 부지런히 오갔다.

"총독부에서 일합니다."

그녀는 턱에 손을 괴며 눈을 동그랗게 떴다.

"무슨 일을 하시는데요?"

"비밀입니다."

여자들이란 대개 비밀이라면 그게 뭐가 됐든 우선 자기 일처럼 좋아한다는 걸 난 알고 있었다. 역시,

"그러니까 더 알고 싶은데요?"

그녀는 궁금해 죽겠다는 듯 어깨를 들썩거렸다.

"총독관방 조사과 내 '대경성신도시계획회의'라는 연구부서에서 일합니다. 일본이 최초로 도시계획을 세운 나진에서 실패한 후, 좀더 체계적이고 학문적으로 시가지계획령을 추진하기 위해 특별제정으로 저희 부서를 만든 거죠. 임시토지조사국의 후신이라고 보면 됩니다. 일본의 관심은 이제 땅이 아니라, 그 위에서 어떤 일이 벌어지느냐 하는 것이죠. 특히, 이 경성 위에서. 물론 저도 그게 궁금해서 이 일을 하고 있는 것이고요. 매일 경성에서 벌어지는 모든 일들에 대해 자료 조사하고, 통계 내고, 줄 긋고 하는 게 제 일입니다."

그녀가 약간 실망한 것 같았다. 그래서 난 황급히 다음 선수를 등장시켰다.

"그런데 잡지에서 어느 시인이 쓴 글을 보니까 총독부에서 일하는 사람들은 모두, 결국 배신에 관한 일을 하는 것이라고 하더군요."

다행히 난, 여자들이 '배신'과 같은 평소에는 듣기 힘든 그런 말들을 좋아한다는 것도 잘 알고 있었다. 그녀는 손바닥으로 테이블을 가볍게 세 번 두드린 후 환하게 웃었다.

"정말 흥미로운 일을 하네요. 배신에 대한 얘기는 언제라도 재밌잖아요."

내가 그녀의 얼굴을 가까이서 제대로 본 것은 그 파고다 다방의 옅은 분홍빛 스탠드 아래에서가 처음이었다. 그때의 감상이란, '생각보다 예쁘다, 밉다'를 떠나 그녀의 모습은 어쩐지 볼 때마다 약간 달라 보인다는 느낌이었다. 그 정확히 분산된 느낌들을 무엇과 비교할 수 있을까. 굳이 대자면 옷을 입을 때 드는 다양한 기분과 비슷하다고 할까. 갤러리에서 그녀를 처음 봤을 때 나는 새로 산 겨울 코트를 처음 입어보는 느낌이었다. 묵직하게 나를 감싸는 값비싼 흥분. 유난히 반짝이는 그녀의 검은 머리를 보면서 나는 탈의실에서처럼 미지근한 땀을 흘렸다. 그리고 극장 앞에서 그녀를 봤을 때는 꼭 길을 가다 쇼윈도에서 나에게 너무도 잘 어울릴 것 같은 매끈한 검정 디너 재킷을 본 느낌이었다. 아무리 비싸더라도 꼭 사고야 말, 그런 아름다운 옷. 그리고, 파고다 다방의 흐린 스탠드 아래에서의 그녀의 모습은, 입고 출근했다가는 당장 시말서 감인 공단 띠장식이 달린 핑크빛 실크 셔츠를 입고 있는 듯한 느낌이 들게 만들었다. 그녀는 그렇게 하나의 얼굴을 가지고서 나로 하여금 여러 가지 감정을 느끼게 하고 있었는데, 그 다채로운 상상과 감상들을 관통하고 있는 공통의 느낌은, 그녀의 어느 모습을 보든 나는 그녀를 보면 그만 벗고 싶어진다는 것이었다.

"매국노요? 전 조국의 독립에 도움이 되는 일을 하지는 않지만 그렇다고 해가 되는 일도 하지 않습니다."

그녀는 졸린 아이처럼 눈썹을 살짝 비비면서 말했다.

"당신은 요즘 젊은 남자들 중 보기 드문 일을 하고 있군요. 모두 애국 아니면 매국, 둘 중의 하나를 하는데 당신은……"

"제가 할 소린데요. 요즘 여자들은 모두 불타는 연애와 붉은 혁명을 하느라 바쁜데, 그런 거 관심…… 없으시죠?"

그녀는 수줍은 듯 가볍게 어깨를 흔들며 대답했다.

"글쎄요…… 전 겉모습은 보통의 그런 모던걸이지만 실은 데이트도 벅찬…… 구식의…… 그냥 평범한 여자랍니다."

나는 헤어지기 전에 모던한 방법으로 데이트를 신청했다. 그리고, 그녀는 복고적인 방법으로 힘들게 이에 응했다.

아직은 수줍음에 괜히 손만 꼼지락거리며 종로 거리를 무작정 걷던 화창한 봄날, 창경원 야간 개장에 놀러 갔던 봄밤, 그때 하안 벚꽃 잎이 그녀의 검은 눈썹 위에 눈처럼 내려앉던 모습, 조선 신궁 옆 숲길에서 입을 맞추다 경찰에게 적발돼 그 옆 소나무 뒤에서 한참 일을 벌이던 다른 연인들과 함께 죽어라 도망갔던 여름밤, 그때 부러졌던 그녀의 검은 하이힐, 한강 인도교의 야경을 구경하기 위해 아침부터 만났던 어느 일요일, 그날 우리는 검붉은 노을이 자살하는 처녀처럼 머리를 풀어헤치고 한강 속으로 천천히 빠져들어가던 모습을 말없이 바라보았었다. 우리가 자주 가던 서대문의 국숫집, 연둣빛 호박이 가지런히 누워 있던 맑은 국수 두 그릇, 화신백화점 신사부에서 내 슈트를 직접 골라주던 그녀, 너무 잘 어울려요, 꼭 당신만을 위해 만들어진 옷 같아요, 바람이 몹시 불던 어느 가을날 정동에서, 서로의 꼬리를 물고 뱅그르르 돌던 낙엽들을 멍하니 내려다보고 있던 그녀, 첫눈이 내리는 날 그녀는 총독부 앞에서 퇴근시간까지 날 기다렸었다. 대낮에도 개미 한 마리 얼씬거리지 않는 총독부 앞 대로를 우리는 눈싸움을 하며 달렸다. 초소 안의 젊은 경비병이 우리를 보고 웃고 있었다. 눈도 꿈쩍 않고 서서는 입술만 씨익 움직이던 젊은 경비병……

신스케에게 나의 연애담을 모두 얘기했던 것은 아니지만, 그래도 틈틈이 은근히 자랑을 했었다.
"그런데, 그 여자를 얼마나 자주 만나는 거야?"
"음…… 한 달에 한 세 번?"

말해놓고 보니 목욕탕에 가는 횟수와 똑같아서 기분이 이상했
다.

"자기는 여자를 처음 사귀는 거지, 진지하게 제대로 말이야."

보기 드문 의젓한 모습으로 신스케는 물었다.

"그렇죠. 그 여자도 저를 처음 사귀는 겁니다."

신스케는 이상하게 계속 '처음'이라는 점을 강조했다. 약간 기
분이 언짢았다. 처음이 나쁜 것인가, 처음은 다만 두려운 것일
뿐이다.

"여자는 무서운 존재야."

"그녀는 그냥 평범한 여자예요. 평범하면서 귀여운 여자."

"그래서 무섭단 말이야."

"난 당신이 좀더 의미 있는 일을 했으면 좋겠어요. 당신은 제
국대도 나왔고, 집도 부자잖아요."

게다가 잘생겼구요. 요 말을 못 들은 게 좀 애석하긴 하지만
그녀의 말은 다 사실이었다. 나는 경성제국대학 예과를 나온, 우
리 고향이 개화 이후 최초로 배출한 수재에다 부잣집 아들이다.
대부분의 여자들이 그렇듯 그녀 또한 이런 나를 자랑스러워했
다. 나는 그녀의 자부심이었다. 조금도 의심의 여지 없이.

그런데 어느 날인가 그녀가 처음으로 낯설고, 심각하고, 부담
스런 얼굴로 내게 이런 말을 했다. 왜 좀더 야심찬 일을 하지 않
고 총독부에서 노처녀 사서처럼 줄이나 긋고 있냐고. 그녀의 의

외의 말에 난 상당히 불쾌했다. 하지만, 평균의 조선인이라면, 게다가 양식 있는 신여성이라면 당연히 할 소리이므로 난 참아 넘겼다. 그리고, 그녀에게 나에 대한 이해와 사랑의 폭을 좀더 넓힐 기회를 주어야겠다고 생각했다.

남자가 첫사랑 여자에게 주는 가장 다정한 선물은 무엇일까. 그것은 바로, 어릴 적 뛰놀던 옛 동네를 두 손 잡고 찾아가는 것과 열심히 땀 흘리고 있는 지금의 일터를 보여주는 것. 즉, 안타깝게도 현재로서는 알 수 없는 남자의 과거와 미래를 여자에게 구경시켜주는 것이다. 여자가 남자를 정말로 좋아한다면 여자는 으레, 소년이었을 적 남자의 모습과 언젠가 성공할 남자의 모습을 모두 보고 싶어하기 때문이니까. 어쨌거나, 나는 운 좋게도 이 두 가지 일을 한 곳에서 해결할 수 있었다.

애기는 이렇다. 총독부 청사의 웅장하고 고매한 풍채를 빛내주고 있는 화강석은 경성부 동부 출장소 창신방 낙산채석장에서 캐내온 것으로, 골조 공사를 담당한 시미즈쿠미가 창신방 돌산을 경영하기 전에 그 땅은, 조선의 모든 땅들이 그러했듯이 조선 사람의 땅이었고, 바로 동대문 밖에서부터 그 주위 경기도 일대까지 싹 차지하고 있던 우리 집안의 땅이었다. 어차피 뺏길 땅 자진하다시피 내놓았던 아버지는 훗날 자식의 미래를 도모하여 토목국장 등과 각별한 친선관계를 유지하였고, 그리하여 졸업을 하자마자 나는 고향 땅의 화강석이 청량리 전차선의 새로운 지선 위로 아무 반항 없이 묵묵히 끌려왔듯이 군말 없이 총독부로 들어가 착실한 사회인이 되었다. 이를 두고 몇몇 대학동창들이 노골적으로 나와 내 아버지를 싸잡아 비난하였으나 그건 그들이 뭘 모르고 하는 소리였다. 자식의 장래와 조국의 미래를 함께 염려하시던 양심 있는 친일파인 아버지는 첫 출근 날 내게 이렇게 말씀하셨다. 네가 원래 게으르고 공상이 많아 뭘 해도 엉망이고, 또 점을 봤더니 앞으로 십 년간은 재수가 없어 나가는 곳 족족 망한다니, 비록 총독부에서 일하는 것이지만 그 역시 조국의 독립에 일조하는 것이므로, 마음 편히 가져라.

어쨌거나, 중요한 건, 조선총독부는 나의 직장일 뿐만 아니라, 내가 어린 시절 뛰어 놀던, 하루에도 몇 번씩 내 따뜻한 오줌줄기를 받으며 즐거워하던 나의 놀이터, 우리 집 뒷마당 돌산의 큰바위아저씨, 나의 영원한 추억으로 세워진 곳이란 말이다.

내가 총독부 앞으로 그녀를 데리고 가 이 소박하고 감동적인 이야기를 전하자 그녀는 고개를 끄덕거렸다. 그러나, 아직 완전히 오해가 풀린 건 아닌 듯 이런 질문을 던졌다.

"당신네 돌산의 화강석이 총독부에만 와 있나요?"

실망이었다. 그러나 나는 다시 친절히 대답해주었다.

"총독부에만 있긴, 여기저기 널렸지. 하지만. 이런 생각을 해봐. 총독부가 어디 오래 가겠어. 독립되면 그날로 없어질 거 아냐. 그날까지만 난 나의 소년 시절과 함께 있겠다는 거야. 그게 그렇게 맞아 죽을 짓인가?"

그녀는 전혀 동조하는 얼굴이 아니었다. 오히려 그 반대인

것 같았다. 그래서 난 구차스럽지만 궁색한 변명을 덧붙여야만
했다.

"내가 총독부에서 뭐 나쁜 짓 하고 있는 건 아니잖아. 총독부
에서 내 위치란 매점 아줌마보다 못하다고. 하지만 내가 하는
일은 아주 중요한 일이야. 경성의 역사를 기록하는 일은 독립이
된 다음에도 꼭 필요한 일이니까. 난 말이야, 은근히 중요한 사
람이라고. 경성의 미래를 준비하는 사람이지. 그러니까 제발 내
일을 너무 무시하지 말아줬음 좋겠어."

나는 화난 척했다. 상냥하고 지혜로운 그녀는 나를 설득하려
했다.

"그래도 총독부 말단 직원보다는 조그만 거라도 자기 사업을
하는 게 낫지 않을까요?"

나는 답답했다. 논리적인 설명이 안 통함을 깨닫고 난 반대
급부를 노리기로 했다. 그래서 손을 들어 저기 저 위풍당당한
풍채로 근정전을 가리고 있는, 일왕의 왕관을 상징하는 총독부
의 어마어마한 바티칸 풍 청동 돔을 가리켰다.

"저걸 뭐라고 부르는지 알아? 바로, '나의 둥그런 푸른 무덤'
이라고 부르지."

그녀는 심각한 얼굴로 나와 청동 돔을 번갈아 바라보았다.

"누가요? 총독이요?"

"총독이 미쳤어. 내가 부르는 거야. 바로 나만의 애칭이라고!"

난 약간 쑥스러워하며 화를 냈다. 그녀는 도무지 알 수 없다

는 얼굴이었다.

"'나의 둥그런 푸른 무덤', 이름 잘 지었지?"

"지붕한테 왜 이름이 필요한가요?"

정말로 화가 났다. 남들한테는 창피해서 말도 못 하는 나만의 비밀을 기껏 얘기해줬는데 이다지도 이해하지 못하다니.

"왜라니? 강아지한테 왜 이름을 붙여주겠어? 기억하려고 지어주는 거잖아! 총독부가 없어지고 나면 저걸 뭐라고 불러야겠어? 멋대가리 없게 총독부라고 불러야겠어?! '나의 둥그런 푸른 무덤'! 이 정도로는 불러줘야 할 거 아냐?! 나의 소년 시절이 묻혀 있고, 나의 젊음을 보낸 곳인데, 안 그래?!"

그녀는 몽고어를 듣고 있는 북경 사람 같은 얼굴로 나를 바라보았다. 난 그만 포기하고 한마디만 더 덧붙였다.

"이래 봬도 난 꽤 낭만적인 남자라고. 낭만의 화신이지. 가끔 그렇게 불러주면 고맙겠어."

3. 소년이 자라 청년이 된다

'남대문 밖 중국여관. 경성 그릴 보이, 미스터 리.'

백상허가 준 쪽지에는 달랑 그 한 줄뿐이었지만, 그 한 줄이 내가 의지할 수 있는 유일한 것이었다.

난 제일 먼저 멈춰 선 회색 크라이슬러를 잡아탔다. 운이 좋았다. 깔끔한 인상의 젊은 기사는 중국여관을 알고있었다.

"한번 가본 적이 있는 것 같은데요. 틀릴지 모르지만, 하여튼 가보겠습니다. 제 기억으로는 송림 속에 있는 오래된 개인 별장 같은 곳이었습니다."

"그때 그 손님 기억나십니까?"

젊은 기사는 사무적이면서도 친절한 어조로 대답했다.

"전 여관으로 가자는 손님은 쳐다보지 않습니다."

과연 한 번도 뒤를 돌아보지 않은 기사는 운전에만 열중했다. 그러다 잠시 후 노래를 흥얼거리기 시작했다. 택시기사들이야

으레 노래하는 걸 좋아하니까 전혀 관심 끌 일도 아니었지만 난 고개를 쭉 빼고 일본어 노랫소리에 귀를 기울였다.

"그 노래 제목이 뭐죠? 어디서 많이 들어본 것 같은데?"

기사는 갑자기 휙─ 고개를 돌렸다. 너무나 반갑고 기쁜 얼굴이었다.

"정말이세요? 이거 아는 사람 거의 없는데. 극동민족소년척후대 단가예요. 제가 척후대 교관이었거든요. 소년이 자라 청년이 된다. 소년은 잊지 않는다. 저 별과 태양을. 척후대에서 기억나는 건 이 노래밖에 없어요. 나중에 취직하는 데 도움 될까 해서 잠깐 했었는데 진짜 한심했죠. 멍청한 꼬마들 기합 주는 게 전부였어요. 매일 이 노래만 수십 번씩 시켰거든요. 이젠 제가 기합을 받는지 다른 노래를 부르려고 해도 요 노래만 나오네요. 근데, 어떻게 이 노래를 아세요?"

알 수밖에, 그 노래는 바로 나의 가장 친한 친구 신스케가 만든 노래였다.

내 상관이라고 처음 신스케를 소개받았을 때, 나는 적잖은 충격을 받았었다. 그는 진정한 미남자로, 동경이고 경성이고 북경이고 그만한 얼굴 찾아보기란 결코 쉽지 않은 일이었다. 하얗고 갸름한 얼굴에, 부드러운 갈색 눈썹과 눈동자, 섬세한 콧날, 미소가 떠나지 않는 아름다운 입술, 게다가 신장 또한 정동 거리에서 만나게 되는 웬만한 양인만큼 컸다. 무엇보다 분위기가 남달랐다. 세련되고, 친절하고, 점잖았다. 그는 유명한 학자 집안 출신으로 동경대에서 철학을 전공한 전도 유망한 수재였다. 동경대 시절 그를 사모하는 처녀들이 얼마나 열심히 그를 쫓아다녔는지, 그녀들이 하루 종일 죽치고 있던, 그 유명한 소설 『산시로』의 주인공 이름을 딴 동경대 구내의 '산시로 연못'이 그만 '신스케 연못'으로 바뀔 뻔했다는 믿지 못할 이야기도 있다. 미모뿐 아니라 지성도 출중했던 신스케는 졸업 후 아사히신문에 들어가거나 문부성 장학금으로 파리 유학을 갈 수도 있었지만, 식민지 조선에서 관료로 출세하길 바라는 아버지의 소원으로 조선에 오게 되었다. 어쨌거나, 나는 그런 그에게 감탄했었다. 물론 완벽한 미남을 대할 때 어쩔 수 없이 갖게 되는 막막함과 골 깊은 패배감, 원망, 쓸쓸함 등으로 괴로웠던 적도 있으나, 그가 진짜 순수한 영혼을 가진 미남이란 걸 알게 된 후, 어설픈 경쟁 심리는 싹 접고, 그를 진심으로 좋아하게 되었다.

별로 가깝지 않던 무렵, 나는 가끔씩 그가 어울리지 않는 멍한 얼굴로 어떤 노래를 중얼거리는 모습을 목격하고는 그 노래 제목을 물어보았다.

"극동민족소년척후대요? 저번에 청계천변에서 조선소년군 애들이랑 패싸움한 망나니들 말입니까?"

말하고 나서 아차, 실수한 게 아닐까 싶었다. 그러나 신스케는 '맞다'고 고개를 끄덕였다. 극동민족소년척후대는 조선소년군이나 조선소년척후대와 같은 용맹하고 똑똑한 조선의 소년단체들

에 대항하기 위해 일본이 고안해낸, 서양 소년대에서 그 유니폼
만을 빌려온 건방지고 무식하고 못생긴 소년들의 집합체였다.

"창단할 때 소년잡지를 통해 단가의 노랫말을 모집했었거든.
물론 전국의 조선인 소년들을 상대로. 그냥 하도 심심해서 장난
으로 가사를 써보냈는데, 그게 뽑혔어. 아무도 안 보냈었나봐.
상금이 없었거든."

"그래요? 전 무슨 일본의 장례식 때 부르는 노랜 줄 알았어
요."

"난 우울할 때면 이 노래를 불러. 이 가사를 만들 때도 정말
우울했었어. 하도 우울해서 손장난을 하고 있었는데. 이상한 똥
색 옷을 맞춰 입은 조선 꼬마들이 총명한 눈을 빛내며 이 노래
를 부르고 있다고 생각해봐. 아직 거기서 오줌밖에 안 나오는
순진한 녀석들이 말야. 그 생각만 하면 정말 우울하고, 괴로워."

"별로 우울해할 것 없어요. 전혀 순진한 놈들이 아니니까."

"가사에 이런 부분이 있거든. 소년이 자라 청년이 된다. 소년
은 기억한다. 이 뜨거운 눈물을. 휴— 뜨거운 눈물이 뭐겠어. 특
히, 이 부분. 나는 조선의 소년이다. 조선은 타오른다. 나는 조선
의 소년. 으차, 으차, 으차차! 유치한 건 둘째치고, 완전 거짓말
이야. 세상에 노래를 거짓말로 부르다니. 내가 그런 것을 만들다
니. 일본인들이 조선 땅에서 아무리 나쁜 짓을 많이 했다 해도
나처럼 나쁜 짓 한 놈은 없을 거야."

신스케는 괴로운 얼굴로 말했다. 그 표정은 진실된 것이었다.

난 그렇게 진심으로 반성하는 일본인은 본 적이 없었다. 그래서 난 그 순간 마음을 정했다.

"신스케. 저도 그 노래를 배우고 싶은데요."

이런 요상한 양심의 소유자, 신스케. 작고 사소한 일에만 치를 떠는 신스케. 잘생기고 우울한 신스케. 언제나 반성하고 괴로워하는 신스케. 신스케가 순수한 사람이라는 데에는 이의를 달 수 없었다. 그리고, 이상한 사람이라는 데에도 역시 이의를 달 수 없었다. 신스케는 너무 머리가 좋은 사람들이 가끔 그러하듯 언제나 자기만의 골똘한 망상에 잡혀 있는 젊은이였다. 그 점에서는 나와 같았다.

신스케의 이해하기 힘든 괴상한 망상과 감상이 가장 두드러진 분야는 단연 그의 애정행각이었다. 물론 거기에도 나름대로의 타당한 배경이 있었다.

1931년 신스케가 경성에 왔을 때, 그는 신혼이었다. 곧 자리가 잡히면 데려올 계획으로 부인은 동경에 두고 왔다. 내가 신스케에게 누누이 말하는 것이지만 그것이 비극의 시초였다.

사랑을 두고 떠난다는 것은 양심을 버리는 것과 마찬가지의 일이어서, 양심 없는 경성에서의 신스케의 삶은 불행할 수밖에 없었다. 신스케는 이디 경성에 자리를 잡고 있던 여러 친척들과 지인들의 도움으로 순조롭게 경성에서의 생활을 시작할 수 있었지만, 얼마 지나지 않아 심각한 우울증에 걸렸다. 그 시절 했던 유일한 생산적인 일이 바로 극동민족소년척후대의 단가를 만든 것이다. 어쨌거나, 일종의 방어본능이라 볼 수 있는 이 우울증을 치료하기 위한 방편으로 신스케는 자신 안에 깊숙이 잠복해 있는 공격의 욕구를 채워가기 시작했다. 이 공격의 욕구가 사업 분야에서 발휘되었더라면 좋았을 텐데 아쉽게도 단순한 수컷의 공격 욕구로 그쳤던 게 문제였다. 경성 최고의 미남은 자연스럽지 않은 과정을 통해 경성 최고의 바람둥이가 되었다. 그러나, 사랑하지도 않는 여자들과의 비슷비슷하게 반복되는, 그래서 나중에는 특정 기억과 특정 인물의 고리가 전혀 연결되지 않는 수많은 만남과 헤어짐은 신스케를 더욱 우울하게 만들었다. 그래서 신스케는 하루에도 몇 번씩 부인에 대한 죄책감에 시달리며 극동민족소년척후대의 단가를 중얼거려야만 했다. 그러던 나날 중 유키코를 만나게 됐는데, 옆에서 지켜본 바에 의하면 이번에는 좀 달랐다. 굳이 비슷한 이름을 붙이자면 그것은 '사랑'이었다. '사랑'인데 뭐가 문제란 말인가. 내 친구 신스케에게는 심각한 문제였다. 그는 이미 진정 사랑하는 부인을 배반한 죄인이었다. 그리고, 그 더러운 몸으로 또다른 누군가를 사랑할 수 없었다. 유키코를 향한 그의 사랑의 노래는 진실된 것이었지만, 이미 너무 많은 거짓의 노래들을 부른 신스케는 더이상 어느 노래도 부를 수가 없었던 것이다.

어느 날 신스케가 조선어를 배우겠다며 낡은 수첩 한 권을 가지고 왔다. 그건 1908년 통감부에서 출간한 일본 경찰관 조선어

교본이었다. 호주머니에 딱 들어가는 휴대용 수첩인데 그 안에는 조선인을 체포, 구금할 때 필요한 조선어가 읽기 좋게 표기되어 있었다. 크기는 작지만 내용은 제법 알찼다. 너를 체포할 테니 그리 알아라! 어젯밤 어디에 있었느냐! 말대꾸하지 말아라! 등의 간단한 명령에서부터 고문 취조 때 사용하는 수준 높은 표현까지, 다양한 상황에 걸맞는 다양한 조선어 문구들이 친절하게 제시되어 있었다.

우리는 가장 어려운 '고문 취조 기술'부터 연습하기로 했다. 순서는 돌아가면서 바꾸기로 하고, 내가 먼저 순사 역할을 했다.

난, 적힌 대로 말했다.

"조선은 이제 망했다."

신스케 차례였다. 신스케는 잠시 뜸을 들였다. 그러다 갑자기 두 손을 번쩍 들어올리더니 눈알이 튀어나오고 목에 힘줄이 투두둑— 끊어질 정도로 무섭게 외쳤다.

"대한독립만세! 만세! 만세!"

나는 깜짝 놀랐다. 신스케 본인도 놀란 듯했다. 교본에는 그럴 때 물을 끼얹거나, 다시 인두로 지지라고 씌어 있었다. 나는 신스케에게 왜 그렇게 지나칠 정도로 진지하게 연기했는지 묻지 않을 수 없었다. 아직도 얼굴이 시뻘건 신스케는 무안한지 손을 비비면서 웅얼거렸다.

"그냥 예전부터 한번 해보고 싶었어. 좀 이상했지?"

"간 떨어지는 줄 알았어요."

신스케는 헤ー 웃으며 말했다.

"그럼 이번에는 바꿔서 해볼까?"

나는 내가 신스케처럼 갑자기 봉두난발이 되어 만세를 부르는 모습을 상상해보았다. 마음만 먹으면 신스케보다 잘할 것 같았다. 하지만, 왠지 그러고 싶지 않았다.

"신스케, 이걸 꼭 해야겠어요?"

"왜?"

"만세는 자주 쓰는 말이 아니에요. 특별한 날만 쓰는 말이지. 그러니 다른 말을 배워요. 더 요긴하게 써먹을 말들이 얼마든지 많다고요."

나는 대충 그렇게 설명을 했다. 신스케는 잠시 생각에 잠겼다. 그러더니 곧 밝은 얼굴로 웃으며 말했다.

"그래, 무슨 말인지 알겠어. 나도 실은 만세는 별로야. 그건 나 혼자만 쓸 수 있는 말이 아니잖아. 떼거리로 모여서 하는 말이지. 그러면, 그거말고 어떤 말이 좋을까?"

우리는 머리를 맞대고 수첩을 뒤적거렸다. 그러다 드디어 찾아냈다. 우리 둘 마음에 쏙 드는 말을. 우리는 양쪽 페이지를 번갈아가며 쭉 읽어나갔다.

나부터 말했다.

"이 자가 언제부터 그랬습니까?"

신스케도 말했다.

"운다고 해결되는 게 아닙니다."

우리는 주고받았다.

"벌써 몇번째지? 우리는 다 알고 있다."

"증인이 있다. 변명하지 말아라!"

"뻔뻔한 놈."

"혼 좀 나봐라."

수첩 맨 뒤에 있는 '부녀자 희롱범 취조와 피해자 대처방법'
이라는 장이었다. 우리가 가장 마음에 들어했던 건 마지막 문장
이었다. 그건 요긴하게 써먹을 수 있는 매우 편리한 말이었다.
또, 매우 인간적인 말이기도 했다. 그리고 무엇보다, 신스케와
내가 진실된 마음으로 할 수 있는 소중한 말이었다.

신스케와 나는 나란히 입을 모으고 말했다.

"집까지 혼자 가면 안 됩니다. 같이 가십시다."

4. 중국여관에서의 하룻밤

택시가 멈추었다.

나가려고 문을 연 순간, 보이는 건 없고 희미한 정액 냄새 비슷한 게 떠도는 것이 내가 지금 내 방 장롱 문을 연 것은 아닌가 하는 착각이 들었다. 시큼하고 떫은 향기로 추측건대 주위가 소나무 숲인 것만은 확실했다. 하지만 보이는 것은 정말 아무것도 없었다. 회색 크라이슬러가 멀어지는 모습도 간신히 보였다.

이미 필름이 돌아가고 있는 어두운 극장 안에 들어설 때처럼 나는 최대한 눈을 크게 뜨고 발을 벌벌 떨며 앞으로 조금씩 전진했다. 곧 주위 사물들의 실체가 하나씩 드러나기 시작했다. 역시 소나무 숲이었다. 오는 길에 고급문화주택 몇 채를 본 것 같은데 그 빛은 전혀 보이지 않았다. 몇 걸음 걷자 반들반들 하얀 조약돌들이 촘촘히 깔린 오솔길이 나왔다. 처음 그 길을 밟았을 때 난, 뭉클하고 미끄러운 감촉 때문에 고양이 꼬리라도 밟은 듯 움찔 발을 들어올렸다. 살아 있는 생물체의 등이나 옆구리, 허벅지 안쪽 같은 어느 한 부위를 밟고 있는 느낌이었다. 난 주머니에서 성냥을 찾았다. 만약 오솔길이 갑자기 벌떡 일어나기라도 하면 담뱃불로라도 어떻게 해보려는 생각에서였다. 그러나 다행히 오솔길은 잠에서 깨어나지 않았고 꼬리 부분에서 드디어 중국여관이 그 모습을 드러냈다.

중국여관은 중국풍도, 양풍도, 왜풍도 아닌 딱히 한마디로 규정짓기 어려운 묘한 분위기의 삼층짜리 붉은 벽돌건물이었다. 전체적으로는 물론 일본식이지만, 집요해 보일 정도로 정교한 이오니아 식 기둥으로 장식되어 있는 베란다와, 어색하게 저 혼자 새것인 반듯한 갈색 현관문과 그 위에 관 뚜껑처럼 으스스한 간판, 그리고 불을 밝히지 않은 어두운 창 저쪽에서 무슨 신호처럼 깜박이고 있는 홍등. 이 모든 것이 뒤섞인 지나치게 음울하고 복잡한, 그러다 보니 급기야 약간 코믹하기까지 한 분위기는 다시 보니 영락없는 경성풍이었다.

어쨌거나, 난 그 번쩍이는 새 현관문을 힘껏 밀었다. 겁내고 서성거릴 시간이 없었다.

"오늘 영업 안 하는데요."

깜짝.

문을 엶과 동시에 바로 뒤에서 마치 기다리고 있었다는 듯 보이 하나가 튀어나왔다. 하얀 윙 칼라 셔츠 유니폼을 입은 보이는 열다섯 정도밖에 안 돼 보였는데 마치 나보다 열 배는 많은 여자와 잔 것 같은 얼굴을 하고 있었다.

"미스터 리를 찾습니다."

의식한 탓인지 내 목소리는 내가 듣기에도 너무 크고 이상했다. 보이는 무표정한 얼굴로 나를 빤히 쳐다보았다. 그러더니, 때가 껴서 마치 검은 나비처럼 보이는 작고 세모난 윙 칼라를 만지작거리며 대꾸도 없이 캐셔 오른쪽 방으로 들어가버렸다.

홀을 둘러보았다. 불이 꺼진 홀에는 흰 테이블보가 깔린 원형 식탁들이 고양이처럼 동그랗게 웅크린 채 조용히 졸고 있었다. 사방은 한없이 조용했다. 그러나 파리가 윙윙거리는 것처럼 어디선가 무언가가 바삐 움직이는 소리가 들리는 듯했다.

"따라오시죠."

방에서 나온 보이는 앞서서 홀을 가로질렀다. 그리고는 파란 중국 술병들이 빼곡하게 들어차 있는 진열장 앞에 멈췄다. 술병들은 모두 똑같은 것들이었다. 보이는 술병 뒤로 잽싸게 손을 넣었다 뺐다. 어찌나 빠른지 어느 술병 뒤였는지 도무지 알 수가 없었다. 그 솜씨에 감탄할 새도 없이 진열장이, 덜컹— 헛기침과 함께 스르르 열렸기 때문에 나는 또다시 놀라야만 했다. 문이 가볍게 열리는 걸로 보아 진열장 위의 술병들은 모두 비어 있는 모양이었다. 나는 왠지 그 점이 상당히 기분 나빴다.

지하로 내려가는 계단은 끝이 보이지 않았다. 그러나 중간쯤 내려왔을 때 음악소리와 사람들 웅성거리는 소리를 들을 수 있었고, 마지막 계단에 도착했을 때는 담배 냄새와 독한 위스키

향까지 맡을 수 있었다. 방음처리를 위해 가죽을 덧씌운 두꺼운 문 앞에 이르자, 보이는 그 검은 나비 윙 칼라를 만지작거리며 다시 한번 나를 빤히 바라보았다. 그리고는, 객실을 안내해주는 차장처럼 제법 의젓한 얼굴로 문을 힘차게 밀면서 갑자기 목소리를 높였다.

"즐거운 시간 되십시오."

수백 마리의 회색 나비떼가 나를 향해 날아왔다. 작고, 투명하고, 세모난 날개를 세차게 파닥거리며. 나는 얼른 팔을 들어 얼굴을 막았다. 그리고는 잠시 눈을 감고 날개들이 부딪히는 소리를 들었다. 조심스럽게 다시 눈을 떴을 때, 난 그것들이 나비떼가 아니라 실내의 모든 사람들이 저마다 입에 물고 있는 갖가지 종류의 담배에서 피어오른, 어디로 흘러가지도 못하고 녹아버리지도 못한 채 스스로 사라질 때까지 전등 주위를 돌며 퍼덕거리고 있는 희부연 담배연기란 걸 알게 되었다.

나는 정신을 차리고 장안의 화제, 말로만 듣던 '마짱구락부 특공대'를 둘러보기 시작했다. 직사각형의 지하실은 꽤 넓었는데, 이미 사람들로 가득 차 있었다. 사방 벽이고 테이블이고 전등이고 모두 하얀색이었지만 깨끗하다는 느낌은 전혀 들지 않았다.

화분처럼 원통형으로 생긴 하얀 조명등 아래, 흰 와이셔츠 소매를 팔꿈치까지 접어올린 남자들이 머리를 맞대고 앉아 마작판을 벌이고 있었다. 땀을 뻘뻘 흘리며 골똘히 마작에 열중하고 있는 그들 사이로 허벅지까지 시원하게 찢어진 중국 원피스를 입은 여급들이 은색 쟁반을 들고 민첩하게 돌아다녔다. 왼편에 서는 살짝 찌그러진 하얀 맥고 모자에 하얀 양복을 입은 남자가 피아노를 연주하고 있었고, 그 주위로 일제히 다리를 왼쪽으로 꼬고 앉은 한 무리의 여자들이 노래를 흥얼거리면서 발작적으로 웃음을 터뜨리고 있었다. 그 앞쪽 커다란 장방형 테이블에선 한참 술판이 벌어지고 있었는데, 사람들에 둘러싸인 교복차림의 미소년 둘이 깃털이 달린 부채로 입을 가린 채 가냘픈 목소리로 웃고 있었다. 옆에서는 스포츠맨 슈즈를 맞춰 신은 모던보이와 모던걸 커플이 축음기에 어떤 음반을 걸지에 대해 토론을 벌이고 있었다. 마약에 취한 유카다 패거리는 내가 그 앞으로 지나가자 다리를 벌벌 떨면서 나를 째려보았다. 그중의 하나가 비틀거리며 일어나 나를 향해 전라도 사투리로 욕을 하기 시작 했다. 나는 얼른 사람들 사이를 비집고 벽 쪽에 있는 간이 바로 갔다.

술병들을 열심히 박스 안으로 옮기고 있던 웨이터에게 물었다.

"미스터 리는 어디 있습니까?"

대답한 것은 내 옆에 앉아 있던 회색 베레모의 사나이였다. 그는 내 쪽으로 돌아앉으며 유쾌하게 웃었다.

"미스터 리요? 여기 모두가 미스터 리입니다. 오늘은 미스터 리의 날이니까요."

웨이터도 땀을 닦으면서 웃었다. 난 곧 미스터 리가 오늘의

암호란 걸 깨닫고, 백상허를 욕하면서, 다시 한번 물었다.

"경성 그릴의 미스터 리를 찾고 있는데요."

남자는 반 잔 정도 남아 있던 술을 쭉 들이켜면서 손을 들어 올렸다. 그리고는 뿌연 담배연기와 사람들의 검은 머리통들 너머 멀리 오른쪽 구석을 가리켰다.

내가 그쪽으로 가기 위해 몸을 돌렸을 때, 갑자기 덩치 좋은 요진보 서넛이 우르르 들어오더니 의자와 테이블들을 번쩍번쩍 들어올려 한쪽 구석으로 밀어놓기 시작했다. 요진보들이 숙달된 동작으로 화형식이라도 치를 것처럼 의자들과 테이블들을 한 곳에 높이 쌓아올리자, 홀 가운데에 금세 넓고 시원한 공간이 생겨났다.

하얀 바닥 위에, 한겨울, 한낮의 얼음 강 위에 떠 있는 태양과도 같은, 눈부시고, 아찔하고, 황홀한 하얀 전등 빛이 떨어졌다.

그때, 음악이 터져나왔다. 동시에, 앉아 있던 사람들이 일제히 소리를 지르며 벌떡 일어나 얼음 강을 깨부수고 그 속으로 텀벙 뛰어들기 시작했다. 웃음소리, 술병 엎어지는 소리, 신나서 낄낄거리는 소리, 잠깐 시비 붙는 소리, 주머니에서 동전 떨어지는 소리, 구두 밑창들이 미끄러지는 소리, 슬로우 슬로우는 없고, 오로지 퀵 퀵. 이화학당의 건전한 체육 댄스를 완전 개조한, 세계 어느 댄스 교본에도 유례가 없는 빠르고, 빠르고, 빠른 신흥 모던 댄스. 내추럴 턴, 리버스 턴, 코너 체인지. 천장에 매달린 하얀 등들이 지진 난 듯 흔들리고, 남자들의 모자가 그 아래서 팽이처럼 빙그르르 돌고, 스커트 자락은 펄럭이는 나팔바지 속으로 잠깐 사라졌다 흐트러진 몰골로 돌아오고. 모든 것이 흔들리는 가운데에서도 도박판의 남자들은 눈도 깜짝 안 하고 그 모든 먼지를 묵묵히 마시며 게임에 열중했다. 전장의 깃발처럼 힘차게 휘날리는 색색의 옷자락, 땀으로 반짝이는 노란 팔과 다리, 쉴새없이 엇갈리는 모자와 머리들. 그 모습은 팔레트처럼 지저분했지만 그 자체로 아름답기도 했다.

난 수풀을 헤치듯 정신없이 흔들고 있는 남녀들을 밀면서 나아갔다. 간신히 남자가 가리켰던 테이블에 도착했을 때, 테이블에는 스무 살도 안 돼 보이는 앳된 청년 하나가 신나게 발동작을 따라 하며 술을 마시고 있었다.

"얼마 전 그릴에 갔더니 메뉴가 달라졌더군요."

미스터 리는 눈을 치켜올렸다. 나는 뺨이라도 비비고 싶을 만큼 황홀하게 반짝이는 그의 하얀 에나멜 펌프스를 내려다보며 물었다.

"조난실은 지금 어디 있지? 당신이 알고 있을 거라던데."

미스터 리는 조난실이라는 단어가 목구멍에라도 걸린 듯 갑자기 캑캑대며 술을 흘렸다.

"누구세요?"

생김새보다 더 앳된 목소리였다.

"약혼자."

나는 미스터 리가 조난실과 나의 관계를 어느 정도 알고 있음

을, '아, 그 불쌍한 남자가 바로 당신'이라고 말하는 듯한 그의
표정을 통해 알 수 있었다.

"오늘은 안 올 거예요."

"그럼 어디 있지? 당신밖에 모를 거라던데."

하도 음악소리가 시끄러워 목소리를 높인 것뿐인데 미스터 리
는 허둥대면서 나를 옆자리로 끌어 앉혔다.

"조용히 해요. 지금 여기서 그 여자 얘기 안 하는 게 좋아요.
안 그래도 찾고 있는 사람들이 많으니까."

가까이 보니 그는 상당히 취해 있었다. 그는 초점 없는 벌건
두 눈으로 주위를 살피며 내 귀를 잡아당겼다.

"나도 확실한 건 몰라요. 남편과 함께 개별 행동을 할 거라는
얘기가 나돌고 있어서 다들 지금 찾고 있어요. 하지만 난 몰라
요."

남편. 약혼자인 나는 그녀의 남편에 대해 묻지 않을 수 없었다.
미스터 리는 미안한 듯 내 눈치를 보며 머뭇거렸다.

"그 남자요."

그 남자…… 그 남자…… 그 남자……

"테러 박이요. 저번주에 드디어 경성에 왔어요. 저도 보지는
못했어요. 전 그냥…… 중간에서 도와준 것뿐이에요."

난 미스터 리의 술병을 양해도 없이 빼앗아 벌컥 들이켰다.
그리고 이런 곤란한 질문을 던졌다.

"왜 조난실을 도와준 거지?"

미스터 리는 춤을 추고 있는 사람들 쪽으로 슬그머니 고개를
돌렸다. 그리고는 힘없는 목소리로 대답했다.

"어쩔 수 없었어요."

난 그가 최선을 다해 정직하게 대답했다는 것을 알았다. 그도
난실이의 애인 중 하나였던 것이다.

술을 더 시키기 위해 몸을 돌렸다. 그때 갑자기 급정거 클랙
슨 소리처럼 길고, 가늘고, 신경질적인 벨소리가 실내의 소음을
찢으며 울려퍼졌다. 잠시 정지, 모두 정지, 일단 정지.

그리고 곧 벌어진, 경지에 이른 소방훈련을 보는 듯한 실내의
풍경. 그 많은 사람들이 놀라지도 않고, 입도 뻥긋하지 않고, 각
자의 소지품을 빈틈없이 챙긴 후, 여유 되는 사람은 남아 있던
술까지 말끔히 비운 후, 이미 사람들이 빠져나가기 시작한 바
뒤의 하얀 커튼을 향해 의자와 테이블을 뛰어넘으며 전속력으로
달리고 있었다.

"따라오세요."

미스터 리가 멍하게 구경하고 있는 나를 잡아끌었다. 그는 사
람들과 방향을 달리 해 출입문 쪽으로 뛰었다. 문 옆, 나무박스
들이 잔뜩 쌓여 있는 테이블 아래 작은 통로가 있었다. 요진보
가 친절하게도 테이블보를 들며 길을 열어주었다. 우리는 다정
한 난쟁이 형제가 되어 고래 뱃속 같은 어두운 통로로 사이좋게
어기적어기적 기어들어갔다. 우리 뒤로 누군가의 비명소리가 들
렸다.

일층의 부엌과 연결된 통로를 통해 무사히 빠져나온 미스터 리와 난 중국여관을 뒤로 한 채 미친 듯이 달리기 시작했다. 한참을 달려 더이상 우리 귀에 어떠한 불안한 소리, 개 짖는 소리나 자동차 클랙슨 소리, 일본 경찰의 욕하는 소리, 머리채를 쥐어잡힌 여자들의 비명소리 등이 안 들린다 싶을 때 우리는 멈췄다. 그곳은 남산 언덕바지의 한적한 일본인 주택가였다. 미스터 리와 난 완전히 땀에 젖어 있었다. 소나무 숲으로부터 불어온 한여름밤의 시원한 바람이 우리의 시큰한 땀냄새를 날려주었다.

"구두를 잃어버렸어요."

미스터 리는 우는 얼굴로 아래를 내려다보았다. 그의 황홀하게 빛나던 백구두는 이젠 한쪽만이 쓸쓸히 남아 있었다.

"너무 속상해하지 마. 어차피 오늘은 춤도 못 추는데."

내 말이 위로가 됐는지 미스터 리는 아이처럼 웃으며 고개를 들었다.

"어떻게 하실 거예요? 삼판통에 친구 녀석 하숙방이 있는데. 아마 아침도 얻어먹을 수 있을 거예요."

중국여관에서 마지막으로 시계를 보았을 때가 열시 십분. 조난실은 거기에 없었고, 나말고도 찾는 사람이 많다. 나는 우선 미스터 리를 따라가기로 했다.

미스터 리는 겨울을 홀로 보낸 산골 소년처럼 하염없이 떠들어댔다.

"예전에 누나한테 얘기 많이 들었어요. 좋으신 분이라고. 다음에 경성역 오실 일 있으면 꼭 놀러 오세요. 비록 주방 보조에 불과하지만 쿡이랑 친하거든요. 양요리 안 좋아하세요?"

"안 좋아하긴. 없어서 못 먹지. 근데, 그 남자는 어떤 사람이지? 테러 박은?"

우리 앞으로 검은색 도둑고양이 한 마리가 우아한 걸음걸이로 지나가고 있었다. 고양이는 물음표로 휘어진 꼬리를 흔들며 금세 어둠 속으로 사라졌다. 고양이는 사라졌지만 물음표 꼬리의 검은 그림자는 땅바닥에 오래 머물렀다.

"저도 소문만 들었어요. 작년에 아시아태평양피압박민족친선대회 조선 대표로 나갔다가 잡힐 뻔한 뒤로 남경, 천진, 북경 등으로 도망다니다 이번 총독 취임식에 맞춰 돌아왔대요. 진짜 대단한 사람이래요. 작년 겨울 상해 프랑스 조계 공부국에서 있었던 폭파사건 아세요? 테러 박은 폭파전문가예요. 헝가리 사람한테 기술을 전수받았다는데, 하여튼 동북아 최고래요. 누나 말로는 남편이라는데 모두 정식은 아닐 거래요."

그제야 지난 몇 달 동안 하루에도 몇 번씩 나를 폭파 직전까지 몰고 갔던 그 뜨겁던 질투심의 원인을 알 것 같았다. 내 라이벌은 바로 아시아 최고의 폭파전문가였던 것이다.

"근데 왜 사람들이 조난실을 찾고 있지?"

미스터 리는 외로운 산골 소년답게 시원스레 다 털어놨다.

"올해 초부터 상부와 계속 마찰이 있었어요. 그 인간들 다 겁쟁이예요. 머저리들, 죽었다 깨도 난실 누나의 열정과 신념을 이해 못 할 거예요. 우편자동차습격사건도 모두 난실 누나 혼자 힘으로 해치운 거예요. 누나는 그랬어요. 미래는 정보를 쥐는 자가 승리한다고. 그래서 우편물을 턴 거죠."

우편자동차습격사건. 난 밤하늘을 올려다보며 잠꼬대하듯 중얼거렸다. 자연스레 이가 갈렸다.

"우편자동차습격사건은 언제부터 했지?"

"올봄이요. 위에서 한푼도 안 대줘서 고생했어요. 다행히 테러 박이 자금을 보내줘서 가능했죠."

"테러 박이?"

조난실의 남자들을 떠올릴 때마다 매번 나를 급습해오던 슬프고도 격렬한 위경련이 전에 없던 강도로 나를 공격해왔다. 그건, 테러 박이 테러의 황제여서가 아니라, 바로 과거가 아닌 현재의 남자이기 때문이었다.

"저번주에 경성에 왔어요. 마침 동대문사건이 터졌는데, 테러 박이 쫓기는 대원들을 위해 위험을 무릅쓰고 은신처와 도피자금을 대줘서 내일 모레 거사를 준비할 수 있게 된 거예요. 물론 위에서는 난리가 났죠. 도와준 거 하나 없으면서, 겁쟁이들. 꼬리 팍 내리고 나 몰라라 하고 있어요. 하지만 난실 누나가 누구예요. 조직이 포기한다면 자기 힘으로라도 하겠다고 폭탄 선언을 했어요. 그리고는 사라졌어요. 물건만 가지고."

"물건?"

"그릴 아래 수화물 관리소가 있어서 그 담당이 저예요. 어제 덕양상회 앞으로 온 걸 제가 중간에서 빼돌렸어요."

"그럼 어제 조난실과 그 테러 박이란 작자를 만났겠군?"

테러 박을 발음할 때마다 위경련은 기본이고, 식은땀에, 현기증까지 났다. 그래서 난 테러 박은 최대한 빨리 발음하기로 했다.

"아뇨. 경성역에는 순사들이 쫙 깔렸기 때문에…… 역 바로 뒤에 서축당이라는 시계포 겸 안경점이 있는데, 거기 사장이랑 잘 알아서 거기에다 맡겼어요. 테러 박이 와서 찾아갔을 거예요. 꼭 만나보고 싶었는데. 어쨌거나, 위에다가는 아직 물건이 안 왔다고 둘러대긴 했지만 만약 내가 넘겨준 게 밝혀지면 엄청 맞을 거예요."

미스터 리는 우울한 얼굴로 홀로 남은 구두 한쪽을 내려다보았다. 나는 지갑에서 돈을 꺼내 미스터 리 앞에 내밀었다.

"고마워. 잘 들었어."

미스터 리는 눈을 끔벅이며 나를 올려다보았다. 나는 액수가 적은 건가 해서 다시 확인해보았다. 미스터 리는 기가 차다는 듯 한숨을 내뱉으며 인상을 썼다.

"전 단지 누나가 걱정돼서 얘기해준 거라고요. 아저씨, 누나 찾으면 도와줄 거 아니에요?"

차마 미스터 리에게 조난실을 만나면 어떻게 할 것인가에 대해 솔직히 말할 수는 없었다.

“누나, 누나, 누나. 미스터 리는 고향에다 누나를 두고 왔나
보지?”

미스터 리는 분홍 잇몸을 활짝 드러내며 웃었다.

“아뇨, 전 원래 누나가 없어요.”

5. 괴로운 두 남자, 수상한 한 남자

뚜우—

총독부의 162개의 시계가 일제히 여섯시를 가리키자 중앙탑의 모터 사이렌이 퇴근시간을 알리는 경보음을 울려대기 시작했다. 하루에 세 번. 아침 아홉시, 정오, 저녁 여섯시. 매번 울릴 때마다 얌전히 잘 있던 잉크병에서 잉크 방울들이 경기를 일으키며 뛰쳐나오게 만드는 저 대단한 소리. 출근 첫날 처음으로 그 소리를 들었을 때, 난 지진이 난 줄 알고 책상 밑으로 숨을 뻔했었다. 물론, 나만 그렇게 놀랐지 지진에 워낙 단련된 일본인들은 눈도 꿈쩍 않고 신속하게 퇴근 준비를 계속했었다.

"신스케, 그 남자에게 데려다주세요."

가방을 챙기던 신스케가 놀란 얼굴로 올려다보았다.

"잘 생각했어."

신스케는 내 배를 툭 치며 웃었다.

우리는 나란히 총독부를 나섰다. 퇴근시간, 붉은 해가 보랏빛으로 흐려지는 무렵, 넥타이를 쓰다듬는 부드러운 바람, 벤또가 든 낡은 서류 가방을 옆구리에 끼고 바삐 집으로 돌아가는 총독부 직원들, 어디선가 들려오는 전차의 맑은 종소리, 지난겨울에 입고 넣어둔 코트 주머니에서 나온 지폐처럼 뜻하지 않게 쥐어지는 소박한 행복이 있는 시간. 그러나 소박한 행복이 때로는 얼마나 사람을 철저히 배반하는지에 대해 누구보다 잘 알고 있는 나로서는 결코 행복할 수 없는 시간.

"돈을 밝혀서 그렇지 하여튼 이상하고 대단한 사람이야. 분명히 찾아줄 거야."

"이름이 뭐라고요?"

"백상허라고 하던데. 당연히 가명이겠지."

신스케가 백상허를 만난 건 전혀 웃지 못할 상황이었지만 그 얘기를 꺼낼 때마다 신스케는 마치 어제 본 영화를 얘기하듯 저 혼자 발랄한 얼굴이 되었다.

경성 시내 각처에 다양한 직업과 연령대의 애인을 두고 활발히 활동하고 있는 '불륜의 여왕', 유키코. 유키코의 남편 시마 국장도 이런 사실을 잘 알고 있었는데, 경멸과 무관심으로만 대하던 그가 갑자기 무슨 맘을 먹었는지 사설탐정을 고용해서 부인의 뒤를 밟은 것이었다. 그리하여, 얼마 전 신스케와 유키코는 그들의 밀회장소인 용산의 한 여관방에서 자신들을 미행한 사설탐정을 맞이하게 되었는데, 다행히, 며칠째 뒤가 찜찜했던 유키코가 그의 존재를 재빨리 눈치채고는 먼저 그를 예의 바르게 방으로 초대한 것이었다. 신스케는 적잖이 당황했지만 유키코는 담담하게 자신의 입장을 설명하며 거래를 요구했다. 내가 배로 줄 테니 없었던 일로 하자. 그러자 사설탐정은 잠시 생각에 잠기더니 그럴 수는 없다고 대답했다. 머리 회전이 빠른 유키코는 곧, 당신의 사업상 신용 문제도 있고 하니 많은 걸 바라진 않겠다. 하지만 부탁이니 신스케와의 관계는 밝히지 말고 대신 자기의 다른 정부들 중 하나를 대충 골라 그걸로 남편에게 돈을 받는다면 자신은 그 세 배를 주겠다고 제안했다. 그러자 사설탐정은 가방에서 서류뭉치와 사진들을 꺼내며 여기서 누굴 고르면 되겠냐고 물었다. 사진들은 모두 유키코의 애인들 사진이었고, 각 서류에는 유키코의 불륜의 역사가 아주 상세히 적혀 있었다. 그 기록이 얼마나 주도면밀하고, 완벽하고, 문장 또한 미문인지 유키코는 자신의 옛 일기장을 읽는 기분이 들어 눈물까지 흘렸다고 한다.

"알 만한 사람은 다 아는 전문가야. 상사와 여비서의 티타임 습격이 전공이긴 한데, 사업가들한테도 인기가 좋대. 채무자를 현해탄까지 쫓아가서 잡아온대. 내가 저번에 말했지? 얼굴을 전혀 알 수가 없다고. 유키코는 두 번이나 만났는데, 돈 전해주러, 그런데 유키코도 얼굴을 볼 수가 없었대. 변장을 하는가봐. 멋있지 않아? 더 멋진 건……"

신스케의 말에 의하면, 돈만 주면 온갖 쓰레기 같은 일을 말끔히 처리해주는 그 사설탐정이라는 자가 예전에는 고종의 사설 정보기구인 경위원에서 중요 직책을 맡고 있었던, 불세출의 정보원이었다는 것이다. 황궁 경비 따위나 맡고 있던 게 아니라 황실 전복 음모를 색출하고 변절자를 찾아내 응징하던, 태풍 앞에 스러져가는 불꽃인 조선왕실을 끝까지 지켜내려 했던 '마지막 스파이'였다는 것이 신스케의 표현이었다.

신스케는 주책없게 박수까지 쳐가며 떠들어댔다. 난 슬펐다. 그는 벌써 며칠째 그렇게 웃고 있었다.

"마지막 스파이라구. 중요한 건 스파이가 아니라, 마지막이란……"

"신스케! 알았으니까 실없는 소리 그만 하고, 정말 유키코와는 헤어진 거예요?"

나는 드디어 짜증을 내며 참고 있던 말을 내뱉었다. 신스케는 금방 침울한 얼굴로 변했다.

"어쩔 수 없어. 우리는 이제 곧 서커스를 봐도 아무것도 느낄 수 없는 그런 사이가 될 거야. 무언가를 느낀다면 그건 양심의 가책뿐일 테지."

"서커스를 보면서 양심의 가책을 느끼는 건 당연한 거예요. 죄 없는 코끼리한테 그런 우스운 반짝이 옷을 입혀놓는 게 인간이 할 짓이에요?"

신스케는 코끼리의 반짝이 조끼를 생각하고 있는 듯했다. 그의 눈빛도 고통으로 반짝거렸다. 마음이 아팠다.

신스케는 아직도 유키코와 못 헤어지고 있었다. 헤어지겠다고 매일 다짐을 해보지만 당연히 뜻대로 되지 않았다. 유키코는 그런 신스케를 비난했다.

"유키코도 그렇게 말하지. 지옥이나 부인, 둘 다 두려워할 필요 없다고. 그것들은 여기 경성에 없다고. 하지만, 난 그럴 수 없어. 그건 나의 도덕심이 아직은 다행히 살아 있어서가 아니라…… 왠지…… 유키코는 영원히 잊지 못할 것 같아서야."

누구보다 따뜻하게 신스케를 위로해주고 싶었지만 너무 답답해서 그럴 수가 없었다. 나는 신경질을 내며 쏘아붙였다.

"신스케, 어서 빨리 동경으로 돌아가세요. 그리고 이곳에서의 사랑도, 바람도, 일본인으로서의 만행도 다 잊어버리세요. 이 썩을 곳을 잊어버리라고요. 저한테 편지 안 보내도 되니까 다 잊어버려요."

신스케는 차분하게 대답했다.

"경성에서의 시간은 어디를 간다 해도 잊지 못할 거야. 하지만…… 그냥 이대로 계속 머무르게 된다면 아마 잊어버릴 수 있겠지…… 잊어버려야만 견딜 수 있을 테니까."

사무실은 경성역 건너편 직사각형의 붉은 벽돌 건물인 대우창고회사의 이층에 있었다. 두꺼운 검은 커튼을 쳐놓아 햇살 한 점 들어오지 않는 실내에, 남자는 커다란 옷이 만들어내는 으시시한 그림자를 이고 앉아 있었다. 소문대로 그의 얼굴을 전혀 볼 수 없었는데 그건 빛이 없어서가 아니라 전적으로 치수에 맞지 않는 거대한 코트와 모자 때문이었다.

그는 곧장 본론으로 들어갔다.

"얘기해보지."

그래서 나는 이야기를 시작했다. 하지만, 괴로우니 짧게 끝내겠다고 했다. 그는 맘대로 하라고 했다. 그래서 그녀가 사라졌다는 걸 알게 된 그 하루에 대해서 집중적으로 이야기하기 시작했다.

오랜만에 그녀의 집에 찾아갔더니 그녀가 나한테는 작은 이모부라고 소개했던 폐병쟁이 하숙집 주인이 나에게 밀린 집세를 내라고 했다. 그녀의 방은 이미 나흘 전부터 비어 있었다. 충격에 무릎을 휘청거리며 겨우 내 하숙집으로 돌아왔는데, 와보니 내 방 문은 시원스레 열려 있었고, 책상 오른쪽 서랍도 열려 있었고, 그 안의 통장과 현금은 물론 내가 그렇게 아끼던 프린스 손목시계도 안 보였고, 그밖에 돈 되는 것은 아무것도 보이지 않았다. 그래서 그 길로 그녀가 차근히 신부수업을 쌓으면서 틈틈이 일손을 돕고 있던 그녀의 큰아버님이 하시는 명치정의 칠성양화점을 찾아갔더니 주인은 나를 미친놈 취급했다.

그녀와 관계된 모든 것이 거짓이었다. 좀더 정확히 말하자면, 그녀가 내게 내민 이력서는 거짓이었다. 그건 일기장이 거짓인 것과 똑같은 일이었다. 그녀가 좋아하는 색은 크림색이 아니었다. 그녀가 좋아하는 가수도 〈눈물의 부두〉를 부른 채규엽이 아니고, 그녀가 좋아하는 영화도 〈사랑을 찾아서〉가 아닌 것이다. 그녀는 어쩜 여자가 아닐지도 모르며, 사람이 아닐지도 모른다. 그렇다면 그녀는 누구이고, 그녀의 약혼자라던 나는 또 누구인가. 어떻게 그런 일이 일어날 수 있는지 많은 사람들이 의아해하며 나를 등신 취급했다. 그렇다. 난 천하의 등신이었다. 그러나, 천하의 등신 가지고 이 사태를 해명할 수 있을까. 해명할 수 없다. 나는 그럴 수 없다. 내가 어떻게 상상이나 할 수 있었겠는가. 이 새롭게 태어나는 반듯한 도시에서 처음으로 사랑에 빠진 여자가, 설계자도 포기해버린, 새들도, 바람도 길을 잃어버리고 마는 고대 유적 속 공포의 불가사의 미로 같은 여자였을 줄을.

이야기를 마치자 난 지쳐버렸다. 그러나 나 자신에 대한 모멸감만은 쌩쌩하게 살아 날뛰었다. 내 머리 위에서 나를 비웃으며 날뛰고 있는 그것을 무시하기 위해 나도 무언가를 마구 비웃기로 마음먹었다.

"못 찾겠죠? 다 거짓말일 테니. 일찌감치 포기하고 집에 가서 발이나 씻는 게 낫겠죠? 어떻게 생각하세요. 탐정 선생님께선?"

남자는 거대한 그림자를 옷걸이에 고정시킨 듯 꼼짝 않고 앉아서 놀랄 정도로 우렁차고 맑은 목소리로 대답했다.

"그렇지도 않지. 거짓일수록 증거를 많이 남기는 법이니까."

너무나 당당한 태도로 당연한 듯 얘기하는 남자에 대해 갑자기 밑도끝도없는 불신이 일어났다. 자기 얼굴을 가리는 데 고작 모자밖에 사용할 줄 모르는 자가 어떻게 모자를 쓰지 않고도 자신을 숨길 수 있는 그녀를 찾아낼 수 있단 말인가. 이상하게도 그건 나에 대한 일종의 도전이자 모욕처럼 느껴졌다.

"내키지 않으면 관두지. 나도 찾을 게 한두 가지가 아니니까. 하지만 이것만은 말해주지. 지금 자네는 바로 코앞에서 그 여자를 본다 해도 아마 알아보지 못할 거야."

남자는 모자 안에 숨어서 모자를 쓰지 않은 나를 꿰뚫어 보고 있었다. 약간 놀라웠다. 난 더욱 약이 올랐다.

"그 여자가 어떤 여잔 줄이나 아세요? 제가 바보라서 속은 줄 아세요? 아니에요. 그 여자는…… 천재예요, 천재. 이광수보다 백 배는 천재예요. 전 천재 아니면 상대를 안 한다고요. 그런데, 그런데, 선생님이 어떻게 천재를 찾겠다는 말예요. 예?! 예?! 에잇—"

난 최대한 행패를 부리기 위해 책상을 발로 걷어찼다. 생각보다 소리가 컸다. 뒤에서 졸고 있던 신스케가 허겁지겁 일어나 떨어지는 펜이며 종이 등을 주워올렸다. 그는 내가 잠잠해질 때까지 기다린 후 담담히 입을 열었다.

"이제 보니 자네는 그 여자를 찾을 수 있을 것 같군. 그 정도 분노라면."

그는 마저 몇 가지 더 묻더니 노트에 뭐라고 갈겨쓰고는 펜을 놓았다. 그와 돈 문제를 협상하면서 난 유키코가 보고 가슴을 쳤다던 그의 작업일지를 슬쩍 훔쳐보았다. 빼곡히 적혀 있는 글

맨 위에는 이렇게 씌어 있었다.

'모던보이의 불안한 첫사랑.'

백상허 앞에서 그렇게 큰소리로 떵떵거리기는 했지만 사실 나는 그 무렵 상당히 기가 죽어 있는 상태였다.

처음에는 물론 그렇지 않았다. 조난실이 어느 날 갑자기 그렇게 증발해버린 후 나는 당연히 분노와 증오로 펄펄 끓어오르는 활화산이 되었다. 그렇게 상냥하고, 밝고, 평범했던 내 여자친구가 실은 나를 계획적으로 등쳐먹은 정체불명의 여자라는 사실을 죽었다 깨어나도 인정할 수 없는 내 가엾은 의지 때문에 나는 터지기 일보 직전까지 갔다.

그러나, 점점 시간이 지나자 나의 그런 뜨거운 분노도 한낮의 전구처럼 불투명한 빛으로 식어갔다. 그렇다고 괴로움이 줄어든 것은 아니었다. 오히려 더 치밀한 괴로움이 내 모든 땀구멍으로부터 서서히 솟아나와 내 몸 위에서 천천히 굳어갔다. 그 괴로움의 정체가 무엇인지 처음에는 정확히 파악해낼 수 없었다. 그냥 멍하고 괴로운 상태에서 이상한 행동을 하기 시작했을 뿐이다.

옛날 이야기를 보면 사랑에 상처받은 젊은이들은 꼭 방랑을 떠나거나, 집 안에 숨어 살며 일찌감치 폐인이 되거나, 여하튼 둘 중 한 길을 선택하는데 그 이유를 알 것 같았다. 그들은 사랑의 추억이 서려 있는 곳을 차마 더는 볼 수가 없기에, 떠나거나 숨었던 것이다. 나는 그들을 가슴 깊이 이해할 수 있었다. 난실이가 사라진 후, 내 걸음은 속도가 세 배나 빨라졌다.

거리 여기저기에 널린 그녀와의 추억을 외면하기 위해 나는 무조건 빨리 걸었다. 그러나, 그건 너무나 피로한 일이었다. 하지만, 그렇다고 경성을 떠나거나, 머리를 깎고 틀어박혀 있을 수도 없는 노릇이었다. 왜냐하면 나는 옛날 젊은이가 아니니까. 엄연히 모던 생활을 유지해야 하는 모던보이이므로. 어쩌면, 옛날보다 세상 살기가 좋아졌다는 말은 맞는 말이기도 했다. 생각해보면, 기어이 먼길을 떠나거나, 은둔자가 되지 않아도 추억을 잊을 만한 구실은 많았다. 바쁘게 살면 잊어버리게 마련이다. 그래서 한동안 나는 자청해서 야근을 하며 일에 매달려보았다. 신스케는 물론 사무실 전체가 놀랐다. 그러나, 모두의 예상대로 오래 가지는 못했다. 왜일까. 아무리 아픈 상처지만 이렇게 마취주사 한 대 맞은 것처럼 무감각하게 잊어버려서는 안 될 것 같다는 생각이 들었기 때문이다. 그러한 생각이 점점 확고해지자 그 뜨겁던 분노도 차츰 가라앉고 대신 나는 눈에 띄게 멍해졌다. 그래서, 길을 가다 조난실과 비슷한 검은 뒤통수의 여자를 보면 몽유병자 같은 가벼운 걸음으로 끝까지 뒤를 밟았고, 틈만 나면 조난실과 자주 가던 다방의 유리창에 머리를 박고 멍하니 서서 실내의 손님들과 마담을 두렵게 만들었고, 매일 저녁 조난실과 약속장소로 애용하던 황금정 삼거리 전차정거장 앞에 홀로 서서 지는 노을을 말없이 바라보았다. 왠지 그러한 행동들에 나는 벅찬 보람을 느꼈다. 그런 보람차고 멍한 표정으로 나는 하루 종일 경성 시내를 배회했다. 참으로 규칙적인 생활이었다. 하루의 마무리도 항상 똑같은 장소에서 이루어졌다.

종로에서 가장 아름다운 쇼윈도를 가진 현대상회 앞, 난실이를 마지막으로 보았던 날, 헤어지기 전 전차를 기다리며 잠시 서성거렸던 그곳.

아치형의 네온사인이 번쩍이는 아래, 하얀 유리 안에서 벌레처럼 꿈틀거리던 황금빛 알전구들. 난실이는 마네킹이 두르고 있는 푸른 모자와 숄을 말없이 바라보았었다. 그 눈부신 환한 빛 앞에 눈 한번 깜박이지 않고. 내가 그녀에게 다음에 만날 때 꼭 저 독버섯처럼 생긴 푸른 모자를 사주겠다고 하자 그녀는 활짝 웃음을 터뜨렸다. 나도 따라 입을 벌렸다. 하얀 쇼윈도에 비치던 우리의 모습. 폭죽처럼 터지는 네온사인을 뒤로 한 채 세상에서 가장 황홀한 웃음을 짓고 있던 우리. 우리는 그날 밤 그 빛나는 쇼윈도에 우리의 마지막 기념사진을 찍었다.

매일 밤 그곳을 찾아갔던 건, 다시 한번 그 사진을 보고 싶어서였다.

그러나, 우리의 기념사진은 누군가가 반쪽을 찢어가버리고 너덜해진 반쪽만이 남아 있을 뿐이었다. 쇼윈도에 비치던 내 모습. 카메라처럼 터지는 눈부신 네온등 아래 어색한 웃음을 지으며 독사진을 찍던 나. 그 얼빠진 모습. 기가 죽어 빌빌대던, 가끔 눈물까지 찍어대던, 차마 누가 볼까 두렵던 나의 그 모습. 그런데, 나의 그 모습을 누군가 보고 있었을 줄이야.

사무실에 들어가자마자 뭔가 분위기가 이상하다는 걸 알 수 있었다. 신스케는 부장 눈치를 보며 나에게 윙크를 했고, 다른 직원들은 책상에 머리를 박고 자기들끼리 키득거렸다. 부장이 나를 불렀다. 부장은 책상 위에 펼쳐진 신문을 손가락으로 탁탁 치며 한숨을 내쉬었다.

"내가 알기로 자네가 이번주 내내 외근을 했던 건 영등포 신작로 보수 현장에 대해 보고서를 쓰기 위해서였는데. 내 말이 맞나?"

맞았다. 이번주 나의 임무는 오로지 일본인들의 편의를 위해 1921년 12월 1일자로 개정된 좌측통행령이 유독 끈질기게 지켜지지 않고 있는, 괜히 죄 없는 통행규칙가판들만이 매일 두 쪽으로 부서져나가고 있는 영등포 일대의 도로에 대하여 조사하는 것이었다. 그러나 물론 나는 그주 내 한 번도 영등포는커녕 한강 근처에도 가지 않았다. 대신 그 시간에 조난실과의 추억이 서린 곳곳을 떠돌아다녔다. 나는 부장이 내민 어제 자 총독부 기관지 황민신보를 펼쳐보았다.

'경성의 봄'이라는 특집 기사가 큼지막한 사진화보들과 함께 실려 있었다. 경성 시내의 활기찬 표정을 담은 전형적인 선전사진들이 한 면을 다 차지하고 있었는데, 그 가운데 있는 가장 커다랗고 선명한 사진, 그건 바로, 나의 독사진이었다.

'유행을 따라잡기 바쁜 경성의 모던보이'란 제목 아래, 화창한 햇살이 내리쬐는 현대상회의 화려한 쇼윈도 앞에, 유행에 눈 먼 멍청한 모던보이인 내가 다리를 벌리고 어정쩡하게 서 있었다. 분명 나였다. 내 옆구리에 껴 있는, 그날 아침 부장이 신신 당부하며 건네준 서류봉투가 그걸 증명해주고 있었다. 배경, 인물, 의미전달, 모든 것이 살아 있는 괜찮은 사진이었다. 특히, 구도가 교묘했다. 내 뒤에 있던 나무 가판대의 다리 하나가 내 두 다리 사이에 교묘히 끼어 있는 모습은 나를 영락없이 다리 세 개의 바보로 보이게끔 했다. 그나저나, 그날 왜 나는 대낮부터 거기에 갔던 것일까.

"그래, 올봄 유행하는 옷 좀 샀나?"

부장이 물었다. 나는 대답했다.

"아뇨, 그냥 입던 거나 계속 입……"

부장의 전화기가 날아왔다. 나는 간신히 피했다. 나는 신문지를 가지고 내 책상으로 돌아가 앉았다.

난 내 얼굴을 좀더 자세히 보고 싶었다. 회색의 작은 점들로 이루어진 내 얼굴. 내 얼굴은 오래된 손거울마냥 뿌옇게 갈라져 있었다. 그건 인쇄 상태가 나빠서가 아니었다. 그건 바로 나의 눈물 때문이었다. 그날 나는 쇼윈도를 보면서 울고 있었다. 이젠 나의 모습밖에 비쳐주지 않는 쇼윈도를 바라보며 나는 눈물을 흘렸었다. 그제야 난 비로소 깨달았다. 내가 왜 매일 이런 영혼이 빠져나간 불쌍한 모습으로 경성 시내를 유령처럼 떠돌아다녔는지. 나는 조난실이 너무 보고 싶었던 것이다.

맑은 봄햇살이 쏟아지는 총독부 이층 사무실 내 책상 위에서 나는 '나의 둥그런 푸른 무덤'이 깨져라 대성통곡하고 싶었다.

서러움이 복받쳤다. 아무리 그녀가 나를 배반했다 하여도 내 이 슬픔을 그녀만큼 잘 아는 사람은 없을 텐데, 그런데 왜, 왜 그녀는 나를 보지 못하고, 아무 소용없는 세상 사람들만이 나를 보고 있는 것인가. 이럴 수는 없다. 이렇게 찢어진 반쪽 사진이 되어 천천히 지워질 수는 없다. 그녀를 찾자. 그리고 다시 사진을 찍자. 그 사진을 그녀에게도 주자. 다 줘버리자. 그녀에게도 추억을 가져갈 의무가 있다. 왜 나만이 가슴 아픈 거짓 추억을 짊어져야만 하는가. 왜 나만이 그래야 하는가. 추억은 엄연히 우리 두 사람이 함께 만든 시간인데!

그로부터 정확히 일주일 후, 나는 백상허에게서 '모던보이의 불안한 첫사랑' 완성판을 받았다.
거기에는 열 개의 카페 이름과 열 개의 조난실 이름이 적혀 있었다.

6. 추억이 두려운 남자

    낭패. 탁상시계를 찾았다. 열한시 팔분. 여름 해는 정오를 향해 치달리고 있었다. 미스터 리도, 친구도 보이지 않았다. 서둘러 시내로 나갔다.

    신임 총독의 취임식을 하루 앞둔 경성 거리는 겉으로 보기에는 다른 날과 별다를 것이 없었지만, 자세히 보면 비뚤어진 가발처럼 약간 이상했다. 전차정거장 푯말 옆, 광고판 뒤, 가로수 사이, 가판대 옆, 상가 차양 아래 등등, 거리 구석구석에 모자를 코끝까지 내려쓴 수많은 밀정들과 사복경찰들이 선량한 시민 사이에 숨어 있는 불령선인들을 잡아내기 위해 더듬이를 곤두세우고 있어서, 어느 길모퉁이고 허전한 구석이 없었다.

    덕양양품은 진고개로 들어서는 입구 오른쪽에 있었다. 낡은 일식 이층 건물의 허리 부분을 완전히 가리고 있는 간판에는, 양장을 한 신사와 숙녀, 구두, 핸드백, 넥타이 등 갖가지 그림들이 너저분하게 그려져 있었다. 붉은 글씨로 요란하게 상호가 씌어 있는 유리문을 열고 안으로 들어갔다.

나무상자가 가득히 쌓여 있는 한가운데 삼십대 후반의 뚱뚱한 남자가 두둑한 뱃살을 퉁퉁 두드리며 직원들에게 이것저것 시키고 있었다. 놀랍게도 그가 먼저 알은체를 했다.

"가게가 지저분합니다. 다음달에 종로로 이사를 가느라고. 여기는 암만해도 일본 바닥이라 역시 조선 장사치들은 종로로 집결해야지. 내년에 화신백화점 신축공사가 끝나면 대단할 거요. 옥상에 남대문만한 전광판을 달고 엘리베이터도 설치한다니까, 맞아, 총독부에는 엘리베이터가 있지. 저는 한 번도 못 타봤습니다."

미스터 리가 그랬듯 강만두 사장 역시 나에 대해서 알고 있었다. 그는 사장실로 안내했다.

"이거 완전히 끝장났군. 총독부 직원까지 알게 됐으니."

강만두는 상아 장식함에서 굵직한 시가를 꺼내 물었다. 그는 나에게도 하나 주었다. 나는 그걸 주머니에 집어넣었다.

"저는 단지 조난실을 찾기 위해 온 것입니다."

"다행이군. 제발 좀 그래주게나. 그리고, 찾게 되거든…… 그냥 죽여버리게."

미스터 리가 조난실에게 순수한 동경을 갖고 있는 반면 강만두는 순수한 살의를 가지고 있었다. 그 점에서는 나와 비슷했다.

"개구멍에 파묻을 년."

아니, 나보다는 좀 심했다. 그는 조난실 욕을 하기 시작했다. 입술 끝에 보푸라기 같은 작고 하얀 개거품이 일어났지만 닦지도 않고 계속했다. 욕은 점점 더 거침없어져서 내가 다 민망할 지경이었다. 그러나 난, 온갖 가축의 생식기와 연관된, 차마 못 들어줄 그의 욕을 잠자코 들었다. 강만두의 얼굴은 빠진 이빨을 뱉어낼 때처럼 너무도 순수한 고통으로 일그러져 있었다. 야비한 돼지의 인상을 가진 저 같은 남자도 잎사귀의 수맥처럼 가늘고, 투명하고, 섬세한 고통의 신경조직을 가질 수 있다니. 그는 조난실을 진심으로 사랑했었던 것이다.

"저를 어떻게 아십니까?"

"뒷조사를 했지. 처음엔 자네가 난실이 남편인 줄 알았어. 알고 보니 그냥 가끔 만나는 사이더군. 그래서 안심했지. 사실 난……"

불길하게 강만두는 갑자기 수줍은 표정을 지었다.

"난실이와 결혼할 생각이었거든. 첫눈에 난 우리가 하나가 될 거라고 믿었지. 왜 있잖아, 남자의 직감. 물론 나야 마누라랑 자식이 있긴 하지만 요즘 세상에 신여성 마누라 하나 정도는 있어야 하지 않겠어. 그런데…… 그년이 갑자기 자기는 결혼한 몸이라는 거야. 그게 올해 초 얘기야. 기절하는 줄 알았지. 물론 나 말고 여러 놈이 드러누웠지. 망할 년. 이미 그 비싼 영국제 폭탄을 주문한 다음이었어. 제기랄, 오면 당장 물러버려야지."

"무를 수 없을 겁니다. 이미 조난실 손에 있으니까요. 사애단,

그러니까 이십세기모던이미지댄스구락부는 내일 총독 취임식
행사 때 그냥 춤이나 추고 있겠군요."

강만두는 그로부터 오 분간 계속 난실이 욕을 해댔다.

"아직 모르나본데 우리는 이제 아무 상관없어. 다 그년 혼자
한 짓이야. 우린 예나 지금이나 똑같이 가끔 수재의연금이나 모
으고 배우 후원회나 여는 건전한 실업가모임이야. 조난실이 젊
은 놈들을 꼬셔내서 사애단인지 뭔지 무시무시한 걸 만들어가지
고 겁나는 짓을 해대기는 했지만 우리는 전혀 모르는 일이야.
그것들 뒤처리하느라고 갖다 부은 걸 생각하면. 씨―"

"조난실의 남편이라는 자에 대해서도 조사했습니까?"

"테러 박?"

"보셨습니까? 어떻게 생겼습니까?"

"그걸 내가 어떻게 아나, 세상 사람 아무도 모르는데. 테러 박
은 '변신의 천재'야. 지금 상해에서 날리고 있는 한·중 연합 테
러단체인 대동아방위교수대 GEDH의 대표특수요원이지. 신분
안전을 위해 필수적으로 변장을 하는데, 중국 이름, 일본 이름,
영어 이름, 러시아 이름 다 합쳐서 이름이 열 개도 넘고, 하여
튼, 신출귀몰한 게 홍길동이 '형님' 하고 간다더군. 조난실 그게
그 잘난 남편 믿고 얼마나 까불었는데. 하지만 남편이랑 뭔 짓
을 하든 이제 우리와는 상관없어. 그나저나 폭탄을 그것들이 가
져갔으니 이거 우리가 또 뒤집어쓰는 거 아냐."

"제가 찾을 겁니다."

강만두는 고개를 번쩍 들며 활짝 웃었다.

"자네가 폭탄을?"

"아뇨. 조난실을요."

강만두는 비죽거리며 시가를 비벼 껐다.

"땀 좀 흘리겠군. 시간이 별로 없으니."

나는 일어나며 대답했다.

"시간이 부족해서 못 하는 일은 없습니다. 시간은 우리에게 꼭 한 번은 그 기회를 주니까요."

7. 눈물의 재회

복도에는 오늘 아침 갓 상경한 듯한 빛바랜 치마 저고리의 시골 처녀에서부터, 전문학교 학생으로 보이는 세련된 신여성, 술집 여자임이 확실한 뱀같이 진한 화장의 아줌마, 동양극장에서 몇 번 본 적이 있는, 공연 내내 담배를 뻑뻑 피워대던 유명 기생 등, 다양한 계층과 차림의 여자들이 일렬로 쭈욱 서 있었다. 여자들은 하나같이 배에다 손을 대고 훅훅 숨을 내쉰다든지, 벽에다 머리를 박고 쭝얼쭝얼한다든지 하며, 다들 뜨거운 감자라도 한 입씩 베어 문 것처럼 잠시도 입을 가만두지 못했다. 그 사이로 가슴이 깊게 파인 하늘색 블라우스를 입은 여자 하나가 서류 뭉치를 들고 바쁘게 돌아다니고 있었다.

"두 명씩 들어가세요. 들어가자마자 가지고 온 악보를 피아니스트한테 주는 거 잊지 마세요."

하늘색 블라우스는 나를 발견하더니 턱을 바짝 치켜들며 물었다.

"뭐죠? 남자 오디션은 오늘 없는데. 어떻게 오셨죠?"

미친 닭들처럼 떠들고 있는 여자들 틈에서 나 역시 내가 왜 여기에 와 있는지 궁금하던 참이었다.

"부장님은 지금 심사중이세요. 용건이 있으면 나중에 오세요."

나는 이마에 맺힌 땀을 닦으며, 총독부 직원 모두가 급할 때 써먹는 수법을 이용했다.

"가서 총독부에서 왔다고 전해요."

여자는 금방 상냥한 얼굴이 되더니 자신을 따라오라고 했다. 복도에는 인기가수들의 사진과 출신, 주소 등의 프로필이 적힌 인쇄물들이 빼곡하게 붙어 있었다. 하늘색 블라우스는 복도의 맨 끝 방으로 나를 안내했다.

'빅터 레코드사 제3회 신인가수 선발대회'

뜨거운 한숨이 가슴 밑바닥에서부터 솟아올랐다. 손잡이를 잡아당겼다.

문은 무거웠다. 문을 열자 검은색 커튼이 나를 막아세웠다. 답답하고 땀이 났다. 커튼 너머를 보기 위해서는 커튼을 젖혀야만 했다. 나는 커튼 자락을 잡고 서서는 나 자신에게 물었다. 내가 왜 여기에 와 있지?

나는 커튼을 젖혔다.

무대가 나왔다.

모든 것은 무대 위에 있었다.

검은 피아노와 커다란 은색 마이크, 하얀 조명, 그리고 조난실.

조난실은 노래를 부르고 있었다. 내가 모르는 노래였다. 내가 모르는 건 그것뿐만이 아니었다. 그녀가 왜 저 무대 한가운데 서서 저런 이상한 노래를, 저런 한심한 목소리로 부르고 있는지, 나는 아무것도 알 수 없었다. 분홍색 작은 꽃들이 만발한 원피스를 입고 분가루 같은 뽀얀 조명을 받으며 서 있는 난실이. 그 꽃무늬 때문에 내 두 눈은 어지러웠다, 눈물이 날 만큼.

이미 내가 들어왔을 때 절정 부분을 지난 듯했던 노래는 금방 끝이 났다. 그녀는 피아니스트에게 인사를 한 후 무대 앞쪽을 향해 다시 한번 공손히 고개를 숙였다. 무대 앞에는 어깨를 잔뜩 구부린 남자 서넛이 쭈욱 앉아 있었다. 그때 무대 옆에 서 있던 남자가 나를 보고 놀라 소리쳤다.

"거기 뒤 뭡니까? 어떻게 들어온 거요?"

사람들이 일제히 뒤를 돌아보았다. 나는 천천히 무대 쪽으로 걸어갔다. 앉아 있던 남자들이 자리에서 엉거주춤 일어났다.

내가 무대 가까이 다가갔을 때, 그 아름다운 조명이 나에게도 자비롭게 그 빛을 나누어주었을 때, 조난실은 나를 볼 수 있었다. 난실이는 너무 놀라 비틀거리며 뒷걸음질을 쳤다. 난실이는 작은 주먹으로 치맛자락을 꼭 움켜잡았다. 분홍 꽃무늬가 일그러졌다. 진짜 꽃이었다면 죽었으리라. 죽어서 무대 위에 흩어졌으리라.

난실이는 예전과 똑같은 얼굴이었다. 귀고리보다 약간 아래에서 가볍게 찰랑이는 머리 길이도 전과 똑같았다. 그녀는 그 동안 손톱, 발톱과 함께 자랐을 그 머리카락을 어디에 숨긴 것일까. 나는 궁금했다. 너무나 궁금해서 돌 지경이었다. 도저히 현실감이 느껴지지 않았다. 흥분이 되기도 했지만 그것 역시 꿈속에서 발을 헛디뎠을 때처럼 무감각한 전율 같은 것이었다. 나는 준비해온 질문을 던지기로 다부지게 마음먹었다. 그러나, 내 입에서 처음으로 나온 질문은,

"아까 하던 노래 제목이 뭐야?"

한심했다.

"설움 많은 청춘…… 최명주 노래예요. 평양에서 알아주는 기생이었어요. 전 그 여자 목소리가 좋아요. 사람들이 저하고 닮았대요."

대답 역시 마찬가지. 정신을 차릴 필요가 있었다.

조난실이 사라진 후 하루에도 몇 번씩 발바닥에서부터 목구멍까지 불화살처럼 치솟곤 하던 분노와 증오와 배신감. 그 뜨겁고 날카로운 것들이 드디어 과녁을 만났는데, 이렇게 맥없이 앉아 있기만 하다니. 나는 최대한 입을 크게 벌리고 그 모든 것을 뱉어내야 했다. 모든 벽에, 바닥에, 천장에 다다다다— 소름끼치도록 작고 불규칙한 구멍들을 뚫어야 했다. 특히 어제 헤어졌다 오늘 만난 것처럼 아무렇지도 않게 앉아 있는, 저 조난실의 하얀 이마에 꽃 한 다발은 넉넉히 꽂을 수 있는 커다란 구멍 하나

를 뚫어버려야 했다.

그러나 난 입도 벙긋 못 했다. 입을 열려고 하면 다소곳이 고개를 숙이고 있던 조난실이 어느 틈엔가 여유 있게 선수를 쳤다.

"저를 죽이고 싶으시겠죠. 변명은 않겠어요. 하지만 이 말만은 꼭 하고 싶어요. 당신을 떠나고 싶지는 않았어요. 하지만 그럴 수밖에 없었어요. 왜냐하면…… 당신을 너무나 존경하고 좋아했기 때문에…… 할말이 없네요. 죄를 지은 사람은 할말이 없는가봐요……"

할말이 없다는 조난실은 커피에는 손도 안 대고 계속,

"돈은 곧 갚을게요. 그때는 어쩔 수 없었어요. 제가 제 사정을 사실대로 말하면 당신이 그냥 주실 게 뻔하기 때문에……"

잠깐, 누가 그냥 준다고?

"저는 당신한테 사랑과 기쁨이 되고 싶었지 부담이 되고 싶진 않았어요. 그렇게 되느니 차라리 원수가 되고 싶었어요. 성경에 원수를 사랑하라는 말이 있다면서요. 원수가 되어서라도 당신의 사랑을 받고 싶었어요."

그랬지, 우린 원수가 됐지. 그래서 그녀는 나의 사랑을 계속 받았나.

"하지만 제가 잘못 판단한 거예요. 죄책감 때문에 괴로웠어요. 하지만, 전…… 오늘을 기다렸는가봐요. 당신을 하루도 잊은 적이 없어요."

그 말에 솔직히 난, 생전 처음 잘생겼다는 말을 들은 외로운

사춘기 소년처럼 수치스러우면서도 기뻤다. 그러나 곧, 정신을 추슬렀다. 간신히 추슬렀다 싶었는데,

"저를 용서하지 마세요, 해명씨."

난실이는 파리라도 쫓듯 정색을 하며 고개를 흔들었다. '용서'라는 단어가 난실이의 입에서 나온다는 사실 자체가 놀라웠다. 마치 그녀가 러시아 사투리로 음담패설이라도 한 것처럼 난 황망한 얼굴로 그녀를 바라보았다. 그러나, 그녀의 그 러시아 사투리 음담패설은 상당히 설득력 있는 것이어서 난 도대체 그 다음이 어떤 내용일까 무척 궁금해졌다. 그래서 난 다시 귀를 기울였다.

"용서해주세요."

나는 방아쇠를 당기듯 커피잔 손잡이를 꼭 쥐며 눈을 감았다. 그녀와의 재회를 상상할 때마다 난 어떤 말이든 해도 좋으나 제발 그 말만은 말아주기를 바랐었다. 왜냐하면, 난 절대로 그녀를 용서하지 않을 것이기 때문에!

그러나, 막상 실제가 되니 헷갈렸다. 왜냐하면, 아까는 분명 용서하지 말라고 했는데 일 분도 안 돼서 이번엔 용서해달라고 한다. 둘 다 결코 쉬운 일이 아닌데, 그녀는 도대체 무슨 생각인가.

용서를 하는 것과 용서를 하지 않는 것. 둘 다 소중한 한 가지씩을 포기해야만 하는 일이었다. 용서를 하기 위해서는 과거를 포기해야만 하고, 용서를 하지 않기 위해서는 현재를 포기해야

만 한다. 그리고 이 두 개의 미래는 아무도 알 수 없다.

여전히 현실감을 느낄 수 없어서 난 가까스로 머리를 굴려 구체적인 질문을 구성해보았다.

"왜 그랬지? 집안, 직장, 학교, 왜 나한테까지 거짓말을 한 거야?"

난실이가 검은 속눈썹을 처마처럼 기울인 채 말했다.

"제 자신이 초라해서요. 당신에 비해 너무 부족하다고 생각했어요. 전 보시다시피 평범한 속물덩어리에, 그냥 가난한 여자예요. 당신은 부족한 게 없는 사람이니 절 이해하지 못할 거예요."

여학생처럼 고개를 푹 숙인 채 입술만 오물거리고 있는 난실이. 그 모습은 솔직히, 그럭저럭 꽤 순수해 보였다.

"지금 일하는 데는 종로의 삼성양장이에요. 주인 아저씨도 좋고, 잘 지내고 있어요…… 이제 제가 무슨 말을 한다 해도 안 믿으시겠죠?"

그녀의 의혹에도 불구하고 난 다 믿었다. 왜냐하면 이미 다 알고 있는 얘기였으니까. 그러나, 여전히 감이 잘 안 잡히기는 마찬가지였다. 내 앞의 이 여자가 내가 찾던 바로 그녀인지 도무지 확신이 안 섰다. 커피 한 잔을 더 마시면서 생각해봐야 할 것 같아 여급을 향해 손을 들어올렸다. 그와 동시에 난실이도 고개를 번쩍 들어올렸다.

그녀는 어느새 눈물로 하얗게 번진 두 눈을 부릅뜨고 큰 소리로 외쳤다.

"당신의 선택을 기다리겠어요! 저에게 다시 한번 기회를 주세요!"

우리의 머리 위에 녹슨 닻처럼 위태롭게 매달려 있던 붉은 전등. 순식간에 그 빛을 빨아들인 그녀의 얼굴에서 붉은 쇳가루가 떨어질 것 같았다. 눈가에 매달린 눈물 역시 붉은 빛. 그녀는 빛을 먹어치우고 있었다. 그러므로,

그녀는 예전 그대로, 나의 그녀였다.

그녀가 여전히 나의 그녀임을 깨달은 순간, 난 드디어 현실로 돌아왔다. 동시에, 그 질문을 더이상 미룰 수 없다고 생각했다.

나는 떨지 않는 척 애쓰며 물었다.

"당신 이름이 뭐지?"

"네?"

조난실은 눈을 끔벅였다. 희한하게도 눈가에 매달린 붉은 눈물은 떨어지지 않았다.

"난 당신이 이름만이라도 솔직히 얘기해줬으면 하는데…… 메어리, 로라, 나타샤, 하나코, 막둥이…… 모두 당신의 이름이더군. 카페의 여왕님."

8. 카페의 여왕

"여기서 일한 게 그러니까…… 작년 여름이었지, 아마. 고향
이 부산이라 했는데 사투리를 전혀 쓰지 않았어. 손님들한테 꽤
인기 있었는데. 아, 예술하는 친구들하고 친했었다, 맞어. 저 친
구한테 물어봐요. 같이 잘 놀러 다녔으니까."

마담이 길고 가파른 손톱으로 손님과 얘기를 나누고 있던 요
진보를 가리켰다.

"같이 운동경기 구경가는 걸 좋아했지. 여자들은 원래 그런
거 안 좋아하는데 로라는 달랐어. 난실이? 아, 누가 와서 그렇게
부른 거 같기도 하다. 야구시합이 있을 때마다 같이 보성전문학
교에 갔는데, 거기서 우리가 아주 유명했지. 응원을 끝내주게 했
거든. 다들 우리를 기다렸……"

옆에서 마른 행주로 유리잔을 닦고 있던 보이가 끼어들었다.

"로라? 어느 로라를 말하는 거야? 키 큰 로라야, 키 작은 로라

야?"

　본정 입구의 히라타 백화점 옆 '궁'에서 나와 서둘러 인력거를 잡아타고 장곡천정에 있는 평화다방으로 향했다.

　"그 아가씨들을 다 기억하다가는 머리 빠집니다."

　웨이터는 나를 경계했다. 그는 음식 타는 내를 맡기라도 한 것처럼 갑자기 허둥지둥 축음기 쪽으로 가더니 괜히 잘 돌아가고 있는 레코드판을 부침개 뒤집듯 뒤집었다. 그때 옆에서 여급과 놀고 있던 남자가 내 쪽으로 돌아앉으며 말했다.

　"난실이 말씀입니까?"

　갈색 곱슬머리에 살짝 기른 구레나룻, 초록색 체크무늬 재킷에 완두콩 빛깔의 도리우치 모자를 삐딱하게 걸쳐 쓴 모던보이가 녹을 듯 부드러운 눈웃음을 짓고 있었다.

　"난실이를 알고 계십니까?"

　도리우치는 나에게 술잔을 권했다. 조선에스페란토학회 'NOVA조선'의 부회장이라고 자기 소개를 한 그는 자연스럽게 에스페란토학회의 이념과 정신에 대해 설명하기 시작했다.

　"코스모폴리탄적인 평화죠. 일본만의, 조선만의 평화가 아닌, 전 지구 인류 모두의 영원한 자유를 위한. 이십세기는 바야흐로 평화의 시대 아닙니까? 계급, 성, 종교, 모든 불평등을 해방시켜야 합니다. 우리는 하나니까요. 하하."

　나는 코스모폴리탄적인 평화와 조난실의 연관성에 대해 묻지 않을 수 없었다.

"여기서 매달 소식지 겸 학술지의 발표모임을 가졌어요. 그래서 알게 됐죠. 에스페란토의 '에' 자도 모르지만 그녀만큼 평화 구현 정신을 사랑하는 사람도 없었습니다. 그녀는 내 논문을 완벽히 이해하는 유일한 사람이었죠. 특별했죠. 그녀야말로 평화의 여신이었습니다."

도리우치는 미소를 지으며 얘기했다. 그 눈빛은 평화로워 보였고, 추억에 젖어 있었다.

"당신, 난실이의 애인이었습니까?"

그 질문을 하리라고는 나도 전혀 생각지 못했다. 그러나 재채기처럼 터져나오는 것을 참을 수 없었다. 도리우치는 나에게 담배를 권하며 성냥불을 그어주었다. 딸기처럼 빨갛고 촉촉하고 세모난 불길이 피어올랐다. 나는 그 불길을 꿀꺽 삼켜버리고 싶었다. 그는 성냥을 재떨이에 던진 후 천장을 올려다보았다. 팔짱을 끼고 고개를 쳐든 채 천장에 씌어 있는 말들을 읽는 것처럼 천천히 이렇게 말했다.

"때로는 평화를 위해서 아무 말도 하지 말아야 할 때가 있는 겁니다. 우리 모두의 평화를 위해."

"저는 평화만을 추구하는 인간이 아닙니다."

"정말 독특하신 분이군요. 평화 속의 안정과 변화를 거부하신다는 말씀입니까?"

그는 연둣빛 도리우치 모자 깃을 살살 만지면서 웃었다.

"휴일날 낮잠처럼 공허한 평화라면 거절합니다."

"우리 모임에 들어오시지 않겠습니까? 때론 방부제 같은 존재가 절실히 필요하거든요."

그는 유쾌하게 웃었지만 난 모자 깃 아래 번쩍이는 그의 악의 넘치는 눈빛을 놓치지 않았다.

"한 번만 더 묻겠습니다. 대답하기 싫으시면 관두십시오. 당신은……"

그는 갑자기 그때까지의 여유 있던 표정을 싹 거둬들이고는 구레나룻 털들이 곤두설 정도로 냉정히 말했다.

"저라면 그런 건 알려고 애쓰지 않겠습니다. 하지만 내가 조난실의 애인이라면 무슨 수를 써서라도 알아내겠죠…… 저도 예전에 그랬으니까요."

세번째로 찾아간 황금정 뒷골목의 스타박스는 문이 닫혀 있었다. 그 골목 일대가 공사중이었다. 네번째로 간 대화정의 메이지풍 레스토랑 '정원'에서는 난실이를 기억하는 사람이 없었다. 그때 같이 일했던 종업원들이 모두 춤바람이 나서 농땡이 치고 다니다 한꺼번에 잘렸다고, 마담 몰래 문까지 배웅해주던 여자애가 귀띔해주었다. 마지막으로 찾아간 곳은 난실이가 가장 최근에 나갔던, 종로 끄트머리의, 온통 유치한 분홍색 장식으로 꾸며져 있는 '이사도라 던컨'이었다. 다행히 거기에는 난실이와 친했던 설거지 담당 소녀가 남아 있었다.

"마담이 싫어했어요. 언니가 마담보다 인기가 더 많았거든요. 언니는 정말 손님들이 뭘 원하는지 잘 알았어요. 시인 아저씨 앞에서는 우울하게 있고, 회사원한테는 노래를 불러주고, 나이 든 손님한테는 딸처럼 졸라대고. 언니는 그랬어요. 남자는 여자한테서 자기가 원하는 모습만 본다고. 그대로만 해주면 문제는 끝이라고. 자주 가던 데요? 쉬는 날 같이 극장에 가고, 가끔 일찍 끝나면 뭐 먹으러 가고. 일 끝나고 나면 갈 만한 데가 별로…… 아, 맞다…… 한번은요, 재미있는 데를 데려가주겠다면서, 아이참, 이건 비밀인데, 아무한테도 얘기하지 말랬거든요. 비밀로 해주세요. 힛, 거기가 어디냐면, 서대문 근처 어디더라…… 밤이라서 잘 기억은 안 나요. 하여튼 그날 엄청 땄어요. 제 옷도 하나 사줬다니까요. 남자들 다 제치고 언니가 휩쓸었어요. 저도 카드가 나쁜 건지는 알아요. 하지만 언니는 마약 같은 건 안 해요. 이 년 전에 끊었대요. 어머, 아저씨, 괜찮으세요? 안색이 안 좋으세요. 물 좀 드릴까요?"

나는 물주전자 하나를 다 비운 후 출렁이는 배를 만지며 오랫동안 멍하니 앉아 있었다. 소녀는 주방에 들어가서 남은 설거지를 했다. 설거지를 마친 소녀는 다시 내게로 돌아왔다. 애벌레처럼 하얀 주름이 꿈틀거리는 에이프런을 만지작거리며 소녀는 이야기를 계속했다.

"언니랑 저는 자동차 타는 걸 너무 좋아해서 친한 손님들이 오면 졸라서 택시를 불러다 드라이브를 가곤 했어요. 빅터 레코

드 문예부장 박가송 아저씨가 제일 잘 들어줬어요. 그 아저씨
언니를 좋아했거든요. 밤의 한강은 음…… 불빛이 너무 아름다
웠어요. 언니는 앞자리에 앉는 걸 좋아했어요. 차창을 활짝 열고
고개를 쑥 내밀고 달렸죠. 내가 무섭지 않냐고 물으면 언니는
빠른 게 제일 좋다고 했어요. 언니는 운전을 배운다고 했어요.
그래서 경성부청 운전기사하고도 친하게 지냈는데. 어머, 제가
실수했나봐요. 아저씨…… 맞죠? 언니가 가끔 얘기해줬거든요.
결혼할 사람 있다고. 그런데 서울에는 언제 오셨어요? 상해에
계셨잖아요."

"과거에 집착하는 사람은 괴롭지. 자신 있나?"

"없는데요. 꼭 있어야 되는 겁니까?"

"여자의 과거든, 누구의 과거든, 과거란 대개 부끄러운 법이
고 그걸 들춰내는 데에는 용기가 필요하지."

"부끄럽다고요? 저 말입니까, 아니면 그 여자 말입니까?"

"자네는 어느 편이 더 편한가?"

나는 한참을 고심한 끝에 대답했다.

"제가 먼저 부끄럽겠습니다. 그런 다음에 그 여자도 부끄러워
야 합니다."

'모던보이의 불안한 첫사랑'을 받기 위해 을지로 4가에 있는
양과점에서 백상허를 만났을 때 그는 그런 얘기를 했다. 그날
백상허는 어디서 구했는지 한뗑에 모모히끼에 완전히 일본 목수

차림으로 나타났다. 물론 원두막 같은 거대한 밀짚모자 때문에 얼굴은 역시 보이지 않았다. 그는 정말 어디에서 집이라도 짓다 왔는지 팔목에 자잘한 톱밥까지 달고 있었다. 완벽한 변장이었다. 불현듯 궁금해졌다. 백상허는 왜 변장을 하는 걸까? 진짜 그는 어디에 있는 걸까? 겨우 변장쯤으로 진짜 자신을 숨길 수 있다고 생각하는 것일까? 궁금했지만 묻지는 않았다. 그는 대답도 숨길 테니까. 백상허는 어울리지 않게 카스텔라와 산양유를 주문했다.

노란 카스텔라를 야금야금 맛있게도 뜯어먹는 그를 보며 나는 물었다.

"맛있습니까?"

"그렇네."

"얼마나 맛있습니까?"

그는 대답하지 않았다. 카스텔라 뜯는 데 내가 어지간히 방해가 되는 모양이었다.

"내가 모던한 것 중에서 유일하게 인정하는 것이지."

갑자기 그는 그런 한마디를 덧붙였다.

모던조선, 모던철학, 모던건축, 모던유흥, 모던타락, 모던깡패, 모던순사, 모던기생…… 수많은 모던이 있는데 하필 모던 카스텔라만을 유일하게 좋아한다니.

"너무 달지 않습니까?"

백상허는 손가락에 모래처럼 달라붙은 카스텔라 가루를 쪽쪽

빨며 대답했다.

"온전하게 속까지 달콤한 것은 이것밖에 없거든. 다른 것들은 모두 껍데기만 달착지근한데."

"저도 언젠가 그 참맛을 알게 됐으면 좋겠군요."

난 한숨을 쉬었다. 백상허는 찢어질 듯한 홀태바지 속에서 문제의 보고서를 꺼내며 말했다. 그의 입가에 톱밥과 카스텔라 가루가 노랗게 반짝이고 있었다.

"자네도 좀 들지. 돌아다니려면 어지간히 피곤할 테니."

그렇다. 먹을 걸 그랬다. 총 열 군데의 카페, 난실이가 나를 알기 전에 다니던 두 곳, 나와 만나면서 다니던 두 곳, 나를 떠난 후 최근까지 다니던 한 곳, 이렇게 다섯 곳과 잠깐잠깐 스쳐 갔던 나머지 카페 다섯 곳, 이렇게 돌아다니고 나니 시간은 이미 자정을 넘어 있었고, 난 서 있을 기운도 없었다. 나는 어서 집으로 돌아가 내 지친 몸을 뉘어야 했다. 그러나, 붕대처럼 힘없이 풀어진 팔다리가 문제가 아니었다.

문제는 내 마음이었다. 내 마음은 내 몸 어딘가에 숨어 치욕과 분노로 바들바들 떨며 숨죽여 울고 있었다. 그때까지 난 내 마음이 나 자신을 피할 정도로 수치스러워한 것을 본 적이 없었다. 누가 내 마음을 이렇게 아프게 한 것일까.

그건 바로 내 몸이었다. 조난실이라는 욕망을 쫓아 주책없이 까불고 다녔던 나의 몸, 자기가 어디에 있는지, 무얼 하고 있는지, 누구와 있는지도 몰랐던 나의 어리석은 몸. 나는 내 몸을 벗어던지고 싶었다.

나는 거리로 나섰다. 거리는 텅 비어 있었다. 인력거도 택시도 보이지 않았다. 거리에는 불이 꺼져 있었다. 경성은 나의 아픔을 모른 척하고 있었다.

9. 불륜의 여왕

조난실은 내던지듯 티스푼을 접시 위에 올려놓았다. 티스푼이 접시와 부딪히는 날카롭고 맑은 '탱' 소리는 무언가의 시작을 알리는 종소리처럼 들렸다.

"당신도 결국 다른 남자들과 똑같군요."

난실이의 목소리는 떨렸다.

"난 싸우고 싶은 생각은 없어."

난실이는 손등으로 눈물을 찍었다.

"흥, 싸우지 않고 견딜 수 있을 것 같아요? 남자라면 반드시 시비를 걸 거라고요."

"역시 남자를 잘 알아."

난실이는 다시 티스푼을 들어 이번엔 커피잔 속에 열심히 소용돌이를 만들기 시작했다.

"남자를 잘 알긴 해도, 당신은 모르겠어요."

그건 약간 슬픈 음성이었다. 하지만 난 결심한 대로 냉정하게 내 커피만 들이켰다.

"당신을 고문할 생각은 없어. 알다시피 난 속 좁은 남자라서 엄청 열 받기는 했지만 당신이 카페 백 군데에서 일했건 한 군데에서 일했건 중요한 건 그게 아니라는 결론을 내렸어. 중요한 건…… 대답해봐. 나는 당신한테 뭐지? 당신이 만난 수많은 남자들과 나와의 차이점은 뭐지? 왜 하필 나였지?"

그것은 정말 내 인생 최고의 질문이었다. 사랑하는 여자한테 왜 빌어먹을 나였냐고 묻는, 내 인생에서 두 번 다시 하기 싫은 최고의 슬픈 질문이었다.

"난 아무 말도 할 수 없어요. 아니, 하지 않겠어요. 그게 당신에게 바치는 제 마지막 양심이니까요."

그렇게 말하며 난실이는 티스푼을 테이블 위에 내려놓았다. 그 순간, 티스푼이 고분고분히 눕는 모습을 보는 순간, 갑자기 잠시 놓고 있던 화가 다시 치밀어올랐다. 조난실 앞에서 티스푼과 나는 다를 바 없었던 것이다. 그녀의 달콤한 혀 안에서 잠깐 황홀해하다, 뜨거운 차 안에서 정신없이 허덕이다, 이젠 테이블 위에 녹슨 삽자루처럼 누워 있다.

"이제 본모습을 보여주지 그래?"

"당신이 지금 보고 있는 게 제 본래의 모습이에요."

조난실은 끝까지 나의 명랑하고 평범한 여자친구 역할을 수행할 작정이었다.

"야구 구경 갈까? 그렇게 좋아한다면서?"

나는 이를 갈며 물었다.

난실이는 명랑하고 평범한 여자친구가 충격을 받으면 으레 하는, 손등으로 창백한 이마를 문지르는 동작을 반복하며 한숨을 내쉬었다.

"좋아, 좋아, 연기 좋아. 가수보다는 아무래도 배우가 낫겠어."

난실이는 벌떡 일어났다.

"저 먼저 나갈게요. 제 얘기는 끝났어요. 당신 맘대로 하세요. 하지만, 해명씨에게 이 말만은 해드리고 싶네요. 과거에 얽매이는 사람은 옆 사람도 불행하게 만들어요."

난실이의 그 말에 난 정신이 번쩍 들었다. 끓어오르던 화도 잠시 식도 부분에서 멈췄다. 확실히 짚고 넘어가야 할 문제였다.

"내가 과거에 얽매인다고? 맞아, 그럴지도 모르지. 그런데, 그래서, 내가 당신을 불행하게 만들었나? 맞아, 그럴지도 모르지. 그런데, 과거에 얽매이지 않는 당신은 왜 나를 불행하게 만들지? 참, 희한한 일이군. 놀라운 일이야. 얼마나 놀라운지, 지금 이 커피도 놀라고 있어. 아! 놀라워."

"그럼, 그 놀라운 커피나 맛있게 드세요."

그녀는 나갔다. 나는 따라 나가지 않았다. 그냥 앉아 놀라서 식어버린 커피를 홀짝홀짝 들이켰다. 잠시 후,

"내놔요."

난실이 씩씩거리며 나를 노려보고 있었다. 나는 죽은 토끼처

럼 힘없이 늘어진 난실이의 갈색 핸드백을 의자 아래에서 꺼냈
다. 매가 다람쥐를 채가듯 홱— 낚아챈 후 그녀는 다시 나갔다.

　멍하고 초조한 채로 지냈다. 선택이 두려웠다. 심지어 메뉴를
보고 주문하는 일도 어려웠고, 건널목을 건널 때 어느 발부터
내밀어야 할지도 난감했고, 나만 올려다보고 있는 담배개비들
중 어떤 것을 골라 물어야 할지도 두려웠다. 그러나, 선택해야만
했다.
　조난실을 용서할 것인가, 말 것인가.
　물론, 간단하게 결론을 내릴 수도 있었다. 조난실은 남자가 많
은 여자다. 게다가 믿지 못할 여자다. 경험은 한 번으로 족하다.
그러나, 왜 인간의 경험 욕구는 끝이 없는 것일까.
　난 아직 조난실이라는 미로의 모든 골목을 다 돌아본 게 아니
다. 어쩌면 나를 가로막았던 그 벽 바로 너머에 기적의 출구가
있을지도 모른다. 내가 용기를 가지고 다시 한 발을 내딛는다면
난 정복자가 될 수 있다. 그리하여 전 인류에게, 특히 나처럼 모
자란 놈들을 위해 위대하고 친절한 지도를 유산으로 남겨줄 수
있다.
　나는 모험에의 강한 충동을 느꼈다. 모험이라니. 나같이 세련
된 모던보이가 어째서 그런 따분한 고전적인 경로를 통해서 인
식에 도달해야 하는지, 게다가 지구상의 웬만한 미지의 땅은 대
부분 이미 누군가의 식민지가 돼버렸는데, 한심한 노릇이었지만

그래도 나의 경이로운 모험심을 아무도 말릴 수 없었다.

사무실로 전화가 걸려왔다. 유키코였다. 신스케는 마산으로 나흘 일정의 출장을 떠난 후였다. 난 호텔 라운지의 매니저처럼 비밀스럽고, 신중하고, 예의바른 목소리로 사정을 알렸다. 그러자 그녀는,

"전 해명씨한테 전화한 겁니다. 베르디에서 기다리겠어요."

전화를 끊고 나서도 계속 얼얼했다. 유키코가 나를 보겠다니. 왠지 이상했지만, 퇴근 사이렌이 울리자마자 난 책상 정리도 안 하고 최대한 빨리 정동에 있는 '비바 베르디'로 달려갔다. 확실히, 친구의 정부를 만난다는 건 거스름돈을 더 받는 것처럼 약간 떨리는 일이었다.

짙은 자주색의 스페인풍 고가구들로 꾸며진 비바 베르디는 정동의 외국공관 직원들이 주로 이용하는 호화롭고 고풍스런 분위기의 카페였다. 어느 공관의 접대실이라 해도 손색이 없을 만큼 경성 최고의 양풍으로 꾸며져 있는데, 하지만 어딘가 모르게 물안개처럼 떠다니고 있는 미래를 알 수 없는 불안한 화려함이 타이타닉 호의 한 선실을 떠올리게 만들기도 했다. 비바람에 뒤집어진 레이스 양산 같은 축음기에서 나오는 소프라노의 슬픈 음성도 그 쓸쓸한 분위기를 더해주고 있었다.

벽난로 옆 금장 액자 아래, 검은 깃털이 꽂힌 자줏빛 타롤리언 모자를 쓴 유키코가 베르디 오페라의 여주인공처럼 하얀 얼

굴로 앉아 있었다. 유키코는 우유로 만든 석고상마냥 맑고 단단하게 굳어 있었다. 만사에 한없이 도도하고 무심한 그녀의 얼굴은 담이 약한 남자인 나에게 언제나 부담스러웠다. 난 은근슬쩍 고개를 숙였다. 굳게 주먹 쥔 그녀의 자줏빛 비로드 장갑에 어두운 그림자를 드리우는 굵은 주름이 잔뜩 잡혀 있었다. 그녀의 주먹을 보자 왠지 가슴이 가쁘게 두근거렸다. 스탠드의 조명을 받아 더욱 붉어 보이는 자줏빛 주먹은 마치 방금 꺼낸 새의 심장 같았다.

"오랜만입니다."

당차면서도 다정한 목소리. 신스케 없이 그녀와 만나는 것은 처음이었기 때문에 난 어색할 수밖에 없었다. 하지만 그녀는 어색해하기는커녕 오히려 나른할 정도로 편안한 분위기였다.

"신스케는 출장을……"

"알아요."

그녀는 내 말을 탁 자르며 영국제 홍찻잔을 우아하게 들어올렸다.

"도망간 거예요. 나를 피해 경성을 떠난 거죠. 신스케는 요즘 저를 피해다니느라 바쁘답니다."

그녀가 붉은 입술을 살짝 치켜세우며 웃지 않았더라면 난 그 말을 농담으로 여겼을 것이다. 자조적인 미소를 거침없이 내보이는 그녀의 그늘진 입술을 보니 뭐라고 말해야 할지 고민스러웠다. 누가 죽었다고 하면 차라리 나을 텐데, 불륜의 관계가 끝

난 것을 위로해줄 관용구는 드물었다.

"오늘 왜 이 선생님을 불렀는지 궁금하실 거예요. 마음이 답답해서 이 선생님을 만나보고 싶었어요. 저와 그의 관계에 대해 잘 아는 건 해명씨밖에 없으니까요."

그들의 관계를 그들만큼은 알 수 없지만 사랑이 힘들다는 사실은 나도 절감하고 있는 중이었다.

도무지 손을 쓸 수 없는 애인들 때문에 이른 저녁부터 지쳐버린 유키코와 나. 사랑에 실패할 가능성이 점점 높아지고 있는 두 남녀가 앉은 테이블에는 으슥함마저 감돌았다. 상당히 심란했다. 그래서 우리는 자리에서 일어났다.

밖에는 유키코가 예약해놓은 검은 플리머드 택시가 기다리고 있었다.

계란 한 줄이 겨우 들어갈 정도로 가깝게 무릎을 붙이고 앉은 나와 유키코는 각자 심각한 얼굴로 창 밖만을 바라보았다. 양쪽의 창에는 동전의 양면처럼 결코 같을 수 없는 두 개의 풍경들이 스쳐갔지만 우리는 함께 영화라도 보고 있는 듯 똑같은 얼굴을 하고 있었다.

유키코는 기사에게 명치정으로 가달라고 했다. 기사는 대답도 안 하고 운전에만 몰두했다. 그 태도에는 이미 충분히 유키코와 그녀의 정부들을 접대해본 서비스업 종사자의 노련함이 배어 있었다. 나는 왠지 억울했다. 그래서 난 내가 얼마나 건실한 젊은 이인지 알려주기 위해 점잖게 입을 열었다.

"신스케와 함께 우리 모두 다같이 주말에 차를 마시는 게 어떨까 싶습니다."

택시가 조선은행 앞 광장에 잠깐 멈추어 섰다. 유키코는 창밖을 바라보며 마치 차가 막히는군요, 라고 말하듯 담담하게 대답했다.

"저와 오늘밤 함께 있어주시겠어요?"

택시기사의 다소 거칠어진 숨소리를 느끼며 난 그녀의 말이 무얼 의미하는지 생각에 잠겨야만 했다. 얼마 후 그 말의 의미를 깨닫게 되었는데, 그건 택시가 끊임없이 방해하는 수많은 인력거와 달구지들과 전차선로를 따돌리며 부지런히 달려 우리를 무사히 조선군사령부가 멀리 보이는 용산의 한 허름한 여관 앞에 떨구고 떠나버린 다음이었다. 그곳은 외로운 일본 군인들이 조선인 창녀들과 비위생적인 사랑을 나누는 그런 쓸쓸하고, 어둡고, 허름한 여관이었다. 그리고, 그곳은 또한 경성 주재 일본인 불륜 커플 신스케와 유키코가 한 달에 두 번 정기적으로 사랑을 나누던 곳이기도 했다.

해는 완전히 저물어 있었다. 깊고 푸른 어둠과 가슴 두근거리는 적막함만이 가득했다. 아직 때가 이른지 술 취한 군인들은 보이지 않았다. 먼지 하나 날리지 않았다. 멀리 조선군사령부만이 밤바다 위의 유람선처럼 호화로운 빛을 흩뿌리며 서 있었다. 우리가 서 있는 여관은 그 빛을 홀린 듯 바라보며 말없이 떠나보내는 외로운 무인도 같았다. 나는 유키코를 따라 그 무인도로 흘러들어갔다.

어쩌면 난 비바 베르디에서 유키코의 붉은 주먹을 처음 보았을 때부터 이같은 상황이 전개되리라 예감했을지 모른다. 아니, 어쩌면 나는 미처 몰랐으나 나의 주먹도 그녀의 그것만큼 붉었을지 모른다. 유키코와 나의 주먹은 왜 붉게 변해버린 것일까. 도대체 어디에 손을 담갔기에 필요치 않은 또하나의 붉은 심장을 얻은 것일까, 우리는.

벌레들이 기하학적 무늬로 갉아먹은 조그만 나무 창 아래 죽은 듯 얌전히 펼쳐져 있는 허연 이부자리와 그 머리맡에 나란히 놓인, 누군가의 머리카락이 시든 해초 줄기처럼 악착같이 붙어 있는 두 개의 베개를 보자, 그제야 정신이 번쩍 들었다. 그 방에 거울이 없다는 것이 유일한 위안이었다. 이런 나의 상태를 눈치 챘는지 유키코가 말했다.
"아무것도 하지 마세요."
어색하게 방 안 구경을 하는 척하며 그녀 쪽으로 고개를 돌렸다. 하얗고, 단단한, 절대 부패하지 않는 우유로 만든 마스크. 그녀는 내가 알고 있는 누군가와 너무도 비슷해 보였다. 그 순간 유키코는 조난실이었다. 난 그녀들이 도대체 나한테 왜 이러는 건지 너무도 궁금해 숨이 막힐 지경이었다.
"당신과 자게 되면 신스케와 헤어질 수 있을 거라 생각했어요."

대화를 나누는 것이 가장 현명한 대처방법일 것 같아 난 적극적으로 질문하고 대답하기로 마음먹었다.

"그러니까 나를 이용해서 신스케에게 질투심을 유발시키려고……"

"아뇨. 그럴 거라면 왜 당신을 선택했겠어요? 훨씬 어리고 잘생긴 소년들을 전 많이 알고 있습니다."

"그렇겠군요."

당연한 지적이지만 기분 나빴다.

"그럼 당신은 그렇게 해서 신스케와 헤어지고, 그럼 전, 저도 신스케와 이별을 해야 되나요?"

"아마도…… 당신은 나와 공범이 될 테니까요."

유키코는 손가락을 차례로 하나하나씩 잡아당기며 그 붉은 장갑을 벗었다. 붉은 속에서 새처럼 가볍고 부드러운 흰 손이 푸드득거리며 나왔다.

"공범이란 관계도 썩 괜찮답니다."

품위 있는 목소리는 조금의 흔들림도 없었다. 난 옆방에서 나는 우당탕— 소리에 신경이 쓰여 벽 쪽을 노려보며 물었다.

"어떤 점이 좋다는 겁니까?"

"대체로…… 끝까지 갈 수 있죠."

"그렇다면 신스케와 당신도 공범관계였는데 왜 끝까지 가지 못한 거죠?"

유키코는 야릇하게 빈정거리는 표정으로 고개를 흔들었다. 모자의 검은 깃털도 따라서 흔들거렸다.

"유감스럽게도 신스케와 저는 공범관계가 아니었어요. 서로의 불행에 진심으로 아파하고, 서로에게 주는 상처 때문에 미안해했으니까요. 공범관계에선 서로에 대해 그런 죄의식이 존재하지 않죠. 그래서 편리한 겁니다."

"아니, 조선에 있는 일본인은 모두 공범 아닌가요?"

유키코는 심드렁한 얼굴로 대답했다.

"그러면, 조선에 있는 조선인은 모두 다 공평한 피해자인가요?"

할말이 없었다. 그래서 대신 평소에 묻고 싶던 걸 물었다.

"유키코, 하도 궁금해서 묻는 거니까 양해해주십시오. 당신은 하루도 빠짐없이 남편을 배반하고 있는데 당신의 심정은 도대체 어떻습니까? 그러니까, 제 얘기는 여자가 남자에게 상처를 입히는 것은, 단지 더이상 사랑하지 않기 때문이란 이유로밖에는 설명이……"

유키코는 답답한 내 질문을 시원하게 잘라주었다.

"여자들은 흔히 남자에게 상처를 주고 나서, 어쩔 수 없었다고 변명하는데, 완전 사기죠. 어쩔 수 없다는 말은, 운동회 날 비가 올 때나 하는 말이고…… 여자들은 대개 자기가 지금 무슨 일을 하고 있는지 정확히 알고 있습니다. 사랑하지 않기 때문에 상처를 주는 것이 아닙니다. 어쩔 수 없어서도 물론 아니고, 다 필요해서 하는 일입니다. 왜, 해명씨는 상처받는 게 두렵습니까? 사람들은 상처에 대해 일종의 콤플렉스를 가지고 있는 것 같아요. 자신이 상처받는 걸 때로는 즐기는 것 같기도 합니다. 이상한 일이죠? 사랑을 주고받지 못해 환장을 하면서 상처는 당연히 자기 혼자만의 것으로 알다니. 넘어온 공을 받아치지 못하고도 부끄러워하지 않다니, 바보들 아닙니까?"

유키코의 대답은 예상 외로 길고 진지했다. 나중에 맘잡고 한번 곰곰이 생각해보기로 하고, 다음 질문으로 넘어갔다.

"유키코, 한 여자가 여러 남자를 사랑하는 게 가능한 겁니까?"

유키코가 대답했다.

"여러 남자가 필요하면 사랑도 해야겠죠."

흰 새 같은 손이 내 와이셔츠 위에 사뿐히 내려앉았다. 그 조그만 부리로 하나씩 단추를 풀기 시작했을 때 난 떨지 않았다. 유키코의 자줏빛 뒤통수를 내려다보며 느꼈던 감정은 터질 듯한 흥분도, 잘 해보겠다는 의지도, 드디어 눈앞에 펼쳐진 불륜의 세계에 대한 호기심과 동경도 아니었다. 유키코의 하얀 목덜미를 멍하니 바라보게 만든 건 일종의 향수였다. 실제로 여자랑 자본 것이 오래 되기도 했지만, 단순히 그런 불쌍한 이유 때문이 아니라, 난 그냥 그리웠던 것이다. 부딪히면 아프지만 그래도 손잡이처럼 귀여운 골반이 달린 여자의 엉덩이 그냥 그 자체, 낯설고, 촉촉하고, 고통스럽고, 불경스런, 그 느낌을 내가 아직도 소년처럼 떨리는 마음으로 가질 수 있을지. 과연 지금도 그럴 수 있을지. 사방 벽에 벌레의 화석들이 연대기적으로 차곡차곡 붙어 있는 그 작고 더러운 여관방 안에서, 불륜의 여왕과 함께 나는 여자를 알지 못했던 그 시절로 되돌아가고자 했던 것이다. 다시는 돌아갈 수 없는 그 평화의 시절로.

쿠콰콰쾅 — 복도 무너지는 소리가 났다.

곧 이어진, '도둑이야!', 쥐라도 본 듯 사력을 다해 질러대는 여자의 고함소리와 마룻바닥 꺼져라 내달리는 소리.

남의 서랍을 뒤지다 들킨 것처럼 난 두 손을 번쩍 든 채 잠시 허둥거리다가 곧 정신을 차리고는 재빨리 문을 잠갔다. 문에 바짝 귀를 붙이고 사태를 추리해보았다. 흔한 일. 여관에 도둑이 든 것. 자다가 놀란 것. 잠겨진 문고리를 보며 일단 안심한 후 고개를 돌렸다. 유키코는 마치 그녀 자신이 방금 털린 여자처럼 바닥에 털썩 주저앉아 있었다. 놀라 허둥대다 내가 그녀를 밀어낸 모양이었다. 헝클어진 머리카락을 입술 끝에 물고 멍하니 방바닥을 내려다보고 있는 유키코. 미안하게도 유키코의 모습은 신선할 정도로 추했다. 내 이런 시선을 알아챘는지 유키코는 입술을 짓씹으며 나를 노려보았다. 손을 내밀었지만 본 척도 않은 채 뜯어진 치맛단을 잡고 비틀거리며 일어났다.

그때, 우리 방 바로 아래, 계단과 붙어 있는 입구 쪽에서 떠들썩한 소리가 들려왔다. 유키코와 난 나란히 문에 귀를 붙이고 섰다. 마침 지나가던 순사가 여자의 고함소리를 듣자마자 들이닥친 것이었다. 여관 주인의 애걸복걸하는 소리를 가볍게 짓밟으며, 모두들 방 문 앞으로 나오라고 막무가내로 악을 쓰는 전형적인 순사의 목소리. 유키코와 난 누가 먼저랄 것도 없이, 난파 직전의 배에서처럼 다급하고 광적인 얼굴로 유품이 될 만한 각자의 소지품들을 챙기기 시작했다. 이부자리를 걷어차고, 발치에 걸리는 베개를 집어던지고, 바닥에 흩어져 있는 핸드백과 담배 등을 챙기면서 몇 번이고 서로의 발을 밟고 이마를 부딪혔다. 그러다 우리 두 사람은 같은 순간, 문 맞은편, 벌레들이 기하학적 무늬를 내며 뜯어먹은, 이 방에 단 하나뿐인 창을 바라보았다. 순사들이 요란하게 군홧발 소리를 울리며 올라오고 있었다. 우리 방은 두번째 방이었다.

"등 좀 빌려주시겠어요?"

유키코는 우아한 귀부인답게 정중히 에스코트를 부탁했다. 그녀는 사뿐히 내 등을 밟고는 휙— 날렵하게 창가로 올라섰다. 툭, 두툭— 핸드백과 구두가 잘 익은 열매처럼 좋은 소리를 내며 떨어졌다. 난 일부러 큰 소리로 끙끙거리며 슬그머니 위를 올려다보았다. 하얀 레이스 속바지를 뒤집어쓴 유키코가 출발선의 육상선수처럼 가늘고 단단한 두 팔로 창틀을 꾹 짚고 앉아서는 눈앞에 펼쳐진 푸른 밤하늘을 향해 지금 막 달려나가려는 참이었다. 순사들이 욕을 하며 우리 방문을 발로 차기 시작했다. 유키코가 바닥으로 떨어지는 소리가 아득하게 들렸다. 나도 깊은 밤하늘을 향해 몸을 날렸다.

유키코와 난 무조건 뛰었다. 뛰면서 몰래 훔쳐본 유키코의 옆

모습은 그 진지하고, 변명은 절대 안 할 것 같은 당당한 표정 때문에 진짜 도둑처럼 보였다. 우리는 큰길까지 뛰었다. 한참을 달려 안전 거리에 왔다고 느꼈을 때, 우리는 멈춰 섰다. 제법 시끄러운 것이 용산 유곽 근처인 것 같았다. 나는 헐떡이며 유키코를 바라보았다.

"모자를 잃어버렸어요."

그녀는 손바닥으로 머리카락을 쓸어내리며 대답했다. 그녀의 구두코에 책꽂이 위의 먼지처럼 왠지 좋은 향기가 날 것 같은 흙먼지가 얌전히 묻어 있었다.

유키코는 나를 보며 소년처럼 웃었다.

"결국 우린 해냈어요. 공범이 됐어요."

부끄럽게도, 나의 모험은 이렇듯 엉뚱한 데에서 시작되었다. 그러나 아무리 시원찮은 모험이라도 모험이란 대개 교훈을 남기는 법.

난 조난실을 용서하기로 마음먹었다.

상당히 경솔하고 위험한 결론이라는 걸 누구보다 잘 아는 바이지만 난 그렇게 하기로 결심했다. 그녀의 과거 남자들은 그녀를 용서하지 않았지만 난 용서하기로 했다. 즉, 과거를 포기하기로 했다. 그럼으로써, 현재를, 추억을, 조난실을 다시 손에 넣기로 했다. 그래야만 했다.

왜냐, 만약 내가 조난실을 받아들이지 않는다면 그녀는 영원히 나에게 죄인으로 남을 것이고, 내 인생 처음으로 사랑한 여인을 끝내 죄인으로 못박은 나 역시 평생 죄책감에 시달리는, 팔자에도 없는 무기수 신세가 될 것이다.

즉, 우리는 거짓된 사랑의 역사에 대한 공범이 된다.

유키코의 말대로 서로의 불행에 무감각한, 그저 한 시절 스쳐간 가엾은 옛날 사람이 되는 것이다. 그건 너무 슬픈 일이다. 어찌 됐든 간에.

10. 여자는 변명을 하지 않는다

다음날 당장, 난실이가 일하는 종로 사거리 삼성양장으로 달려갔다.

난실이는 다행히 잠적하지 않고, 다른 날과 다름없이 부인들의 항아리만한 엉덩이를 줄자로 껴안은 채 살살 비위를 맞추고 있었다. 삼성양장의 쇼윈도는 지나가는 사람들이 물을 끼얹는 줄 알고 놀라 뒷걸음질칠 정도로 눈부신 햇살을 반사시키고 있었다. 난 그 번쩍이는 유리에 착 기대고 서서 난실이의 모습을 살폈다. 내 옆에는 처음 서울 구경을 온 듯 보이는 옥색 두루마기의 위풍당당한 시골 양반이 뒷짐을 진 채 상점 안을 바라보고 있었다. 세상의 종말을 향해 적의와 분노를 불태우는 시골 양반의 뜨거운 눈길을 여인들도 느꼈는지 턱짓으로 쇼윈도를 가리키며 난실이에게 뭐라고 투덜거렸다. 난실이는 쇼윈도 쪽으로 급하게 와 진열대 바로 뒤의 분홍색 간이커튼을 잡아당겼다. 그러

다, 방울방울 맑은 침을 수염 가득 매달고서 목청 높여 개탄중
인 시골 양반의 그림자 속에 비스듬히 숨어 있는 나와 눈이 마
주쳤다. 그녀는 재깍 고개를 돌렸다. 그 눈빛이 얼마나 싸늘한지
쇼윈도가 쩌어억— 갈라지는 줄만 알았다. 난실이는 시골 양반
과 나를 남겨둔 채 손님들에게로 돌아갔다. 난 쇼윈도에 더욱
가까이 붙어섰다. 그리고 그 상태로 시골 양반도 떠나가고, 혼자
두어 시간을 말없이 보냈다. 한 시간은 그런 대로 버틸 수 있었
다. 그러나, 점점 다리가 아파왔다. 다리도 다리지만 너무 화가
나서 눈물이 날 지경이었다. 욕먹고 벌받을 사람은 바로 난실이
인데 내가 왜 교실에서 쫓겨난 아이처럼 이러고 있는가. 게다가,
그녀를 용서하기로 결정했다는 복음을 한시라도 빨리 알려주기
위해 부장의 잔소리를 무릅쓰고 근무시간에 몰래 빠져나온 기특
한 나인데. 화가 났다. 그래서, 이게 다 쇼윈도의 책임이기라도
한 듯 유리를 부술 기세로 이마를 딱 갖다댔다. 마침내 난실이
가 나왔다. 나오자마자 나는 제대로 보지도 않고 빈정거렸다.

"곧 독립이 되겠군요. 총독부 직원이 매일 이렇게 농땡이만
치니."

"내가 그랬잖아. 나만큼만 독립에 보탬이 되라고."

"또다시 괴롭힐 작정이라면 돌아가세요."

"내가 언제 괴롭혔다고 그래…… 식사는 했어?"

난실이가 다시 나만 남겨놓고 돌아가버릴까 두려워서인지 내
목소리는 나도 놀랄 정도로 부드러웠다. 내 이런 태도에 안도감

이 들었는지 그녀 또한 한결 누그러진 목소리로 웅얼거렸다.

"조금만 기다려요. 가방 갖고 나올게요."

그녀가 나왔을 때 종로는 이미 퇴근길의 사람들로 붐비기 시작해서 우리는 어쩔 수 없이 팔짱을 끼고 걸어야만 했다. 우리는 예전과 다름없는 한 쌍의 보기 좋은 모던커플이 되어 다정하게 걸었다. 거리의 시끄러운 소음을 뒤로 한 채 난실이는 마치 어젯밤 꿈 얘기를 하듯 아련한 눈빛으로 어두워지는 거리를 바라보며 차분하게 입을 열었다.

"어제는 슬퍼서 잠이 오지 않았어요. 결국 이렇게 되고 말았구나, 눈물만 나왔어요. 다 저 때문이에요. 해명씨를 탓할 마음은 추호도 없어요. 다만 서글픈 건, 저란 존재는 해명씨한테 나쁜 여자로밖에 기억될 수 없다는 사실이 못 견딜 정도로 아팠어요. 좋은 애인이 되지 못했던 거 정말 미안해요. 해명씨 곁에서 노력하고 싶었지만 너무 늦은 거 같아요. 머리 한쪽을 뜯어내는 것처럼 괴롭지만 지금 깨끗이 돌아서는 게 해명씨를 위해서도 좋을 거예요. 그게 못난 저의 마지막 선물이에요. 언젠가는 분명히 더 좋은 모습으로 만날 수 있을……"

잠깐.

"우리 헤어져요."

얼떨결에 광화문까지 와 있었다. 멀리 근정전을 가리고 서 있는 '나의 둥그런 푸른 무덤'을 바라보며 나는 잠깐 정리를 해보아야만 했다. 지금 그녀가 나에게 헤어지자고 한 건가? 나는 그녀를 용서해주기로 마음먹었는데? 그건 그렇고, 왜 그녀가 먼저 나에게 이별을 통고하는 것인가? 잠깐 낮잠을 자기 위해 책을 덮듯 이렇게 간단히. 난 조난실에게 지금 엄연한 실수를 자행했지만, 속 깊은 내가 다시 기회를 줄 것임을 급히 알려줘야만 했다.

"됐어…… 내가 용서해주니까. 다시 시작하는 거야."

난 그녀의 감동한 얼굴을 보기 위해 고개를 돌렸다.

"미안해요."

난실이는 슬픈 표정으로 나를 보고 있었다. 그녀는 진심으로 원하고 있었다. 나와의 이별을. 나는 당황해서 급히 고개를 돌렸다.

이렇게 되면 내가 애써 준비해온 '나의 용서'는 어떻게 되는 건가? 도로 집으로 가져가야 하나?

갑자기 배가 아파오고, 심장이 저 혼자 바쁘게 뛰기 시작했다. 심장이야 뛰든 말든 난 어딘가에 좀 앉을 필요가 있었다. 앉아서 줄을 긋고 정리를 해야만 했다. 이 어처구니 없는 상황을. 도대체 어느 순간부터 어긋난 것인가? 누가 잘못된 것인가? 내가 그녀에게 몹쓸 짓을 했나? 내가 그녀에게 한 짓이라고는 만날 때마다 그녀가 좋아하는 칵테일 정식과, 옷과 스타킹과, 기타 가지가지 선물들을 사준 것밖에 없는데. 거기다 조금 더 보태자면, 나도 이해하기 힘든 내 소중한 순정과 다시는 돌이킬 수 없는 시간들과 그 시간들을 되돌리기 위해 힘겹게 마련한 나의 용서를 정성껏 바친 것뿐. 갑자기, 어제 신문에서 읽었던 어느 독립 투사의 피끓는 절규가 떠올랐다.

어떻게 이 땅에서는 가해자가 피해자에게 이다지도 떳떳할 수 있단 말인가?!

"전 그럴 자격 없는 여자예요…… 용서하지 마세요."

그러나, 아무리 화가 난다 해도 그녀의 의견 역시 존중해줘야 만 했다. 그녀는 방금 분명 용서하지 말라고 했다. 즉 다시 말 해, 과거를 포기하지 말라고 했다. 그래서 난 즉각 그 뜻을 따르 기로 했다.

"알았어…… 그런데…… 그 남자는 누구야?"

"……"

"사람들이 모두 그 남자 애기를 하던데 만준가 상핸가 있다는 남자 말이야. 누구지, 그 남자?"

'그 남자' 라는 말 한마디에 조난실은 흔들렸다.

예상치 못한 놀라운 일이었다. 모든 빛을 빨아들이는 빛나는 내 여자친구가 초저녁에 켠 전등처럼 볼품없는 광선을 흘리며 불안하게 흔들리고 있었다. 그녀의 허점이 이렇게 간단한 것이 었다니. 난 한편으론 넘쳐나는 기쁨을, 또 한편으로 터져오르는 울분을 어쩌지 못하며 '그 남자' 애기를 계속했다.

"그 남자 때문인가보지? 정말 누군지 되게 궁금하군."

"제가 저번에 말하지 않았던가요? 아무리 그래봤자 전 어떤 대답도 안 할 거예요."

그녀는 침착하려 애썼지만 소용없었다.

그녀는 변하고 있었다. 확실히 빛을 잃어가고 있었다.

그녀의 모습이 그렇게 빨리 변해가는 것에 대해 난 머리가 텅 비는 듯한 허무함을 느꼈다. 그리고 동시에, 미칠 듯한 질투를 느꼈다.

'그 남자'. '그 남자'가 도대체 얼마나 대단한 존재이기에 그녀에게서 저렇게 쉽게 빛을 빼앗는단, 말인가!

"안 돼, 안 돼, 안 돼! 꼭 대답해야 돼. 꼭 알아내겠어. 말해, 말해, 말해!"

눈을 감고 악을 쓰며 발을 굴렀다. 길 가던 사람들이 놀라서 멈추는 소리가 들렸다. 그들도 알 필요가 있었다. 착실하게 생긴 내가 왜 미친놈으로 돌변했는지. 아무리 바쁘더라도, 전차, 택시, 자전거, 인력거 모두 멈춰 나의 증인이 돼줘야만 했다. 내 사랑의 시작을 지켜봐준 그들이므로 그 종말 역시 책임져야만 했다. 나는 눈을 떴다. 그러나, 서 있는 건 나밖에 없었다. 난실이마저 저기 앞에서 종종걸음으로 걸어가고 있었다.

"전 일곱시에 약속이 있어요."

"누구랑? 그 남자랑? 아니면 또다른 놈이랑?"

조난실은 고개를 돌렸다. 놀랍게도 어느새 빛나는 얼굴로 돌아와 있었다.

"그렇게 제 뒷조사를 열심히 했으면서 아직도 모르겠어요? 전 바쁜 사람이에요. 제게는 낭비할 시간이 없어요. 당신하고는 오

늘로 끝이에요. 영화 끝났다고요. 나가서 바람이나 쐬면서 담배
나 한 대 피우시죠?"

신스케와 나는 간부들과 일반 직원들이 쓰는 이층 식당으로
가지 않고 일층 취사실 옆 교환수와 운전기사 등 하급 직원들이
이용하는 작은 식당으로 갔다. 그곳은 신스케와 내가 근무시간
에 몰래 빠져나와 버틸 수 있을 때까지 버티고 노는 비밀구락부
였다. 우리는 창가 옆 우리의 전용 자리에 앉았다. 신스케와 마
주 앉아 수다떨며 놀아본 지도 꽤 오랜만이었다. 유키코와의 그
여관 도주 사건 이후 나도 모르게 슬슬 신스케를 피하게 되었
다. 그러나 점차 시간이 지남에 따라 그럴 필요 없다는 생각이
굳어졌다. 공범인 유키코가 지금 어디서 나쁜 짓을 하고 있다
해도 더이상 나와는 아니다. 범죄는 한 번뿐이고, 그건 과거의
일이다. 그래서 난 내 다정한 친구 신스케를 예전처럼 대하기로
했다. 무엇보다 여자 문제에 관해 실증의 예가 풍부한 신스케의
현명한 충고가 시급히 필요했기 때문이다.

"지금 이 상황에서 방법은 두 가지가 아닐까 싶어. 하나는 대부
분 남자들이 그렇게 하듯, 병원에 한 석 달 입원하고 나온 후처럼
힘겨우면서도 희망찬 새 생활을 계획하거나, 아니면 모든 남자들
이 귀찮아서 피하는 일이고, 개인적으로도 별로 권하고 싶지 않
은 방법이긴 한데 그 여자를 죽을 때까지 괴롭히는 거야."

난 깊은 한숨을 내쉰 후 의사에게 어젯밤 통증을 얘기하는 환

자처럼 중얼거렸다.

"기가 막혀 말이 안 나와요. 귀신에게 홀린 것 같아요. 그 얼굴을 봤어야 해요. 그 남자 얘기를 하니까 표정이 싹 바뀌더라고요. 그리고는 나보고 잘 가래요. 나야말로 정 떨어졌어요. 분수를 알아야지. 세상에 그런 과거 있는 여자를 이해해주는 나처럼 멋진 남자가 어디 있어요?"

"원래 과거 있는 여자들이 괜히 그래."

"유키코도 그래요?"

그러면서 난 은근슬쩍 유키코 얘기를 흘렸다.

"유키코에게는 과거가 없어. 다 현재형이지."

난 좀더 용기를 내서 물었다.

"유키코는…… 여전한가요? 여전히 신스케를……"

"유키코를 너무 무시하지 마."

"무시하긴요. 전 그 담력과 체력을 존경합니다. 무엇보다 그 뻔뻔함과 우아함을."

그건 경험에 의한 진심이었다.

"유키코도 처음부터 그랬던 건 아냐. 시마 국장에게 사랑하는 여자가 생겼대. 일본 혼혈 조선 아가씨인데, 나도 얼마 전에 알았어. 시마 국장도 나쁜 사람은 아냐. 모든 걸 다 잃게 되더라도 그 여자와 재혼하고 싶은가봐. 유키코한테 이혼을 요구하고 있어. 유키코는 지금 자기 나름의 방법으로 혼신을 다해 싸우고 있는 중이라고. 절대 이혼 안 해주고, 인간의 배신감의 끝이 무엇인가를 보여주겠대. 아마 잘 해낼 거야. 그런데 난, 그런 유키코한테 이렇게 상처를 입히고 있어. 유키코는 자기는 돌에 맞아 죽더라도 돌 맞기 직전까지 돌 같은 건 쳐다보지 않겠대. 하지만 난…… 난 돌이 무서워."

어찌된 일인지 상황이 뒤바뀌어서 신스케는 거의 울음을 터뜨릴 지경에 이르렀다. 우리는 침울하게 각자의 접시를 내려다보았다. 그러다 창 밖으로 고개를 돌렸다.

늦봄의 태양이 아무 거리낌 없이 '나의 둥그런 푸른 무덤' 위로 내리쬐고 있었다. 드넓은 총독부 정원에 정원사 하나가 홀로 서서 그 거대한 그림자를 짊어지고 있었다.

"기도하고 있는 것 같아."

신스케가 중얼거렸다. 잔디를 향해 고개를 숙인 채 두 손을 모으고 있는 정원사의 모습은 아무 열매도 기대할 수 없는 바위 땅을 향해 기도를 올리는 농부의 모습 같았다. 정원사의 구부러진 어깨는 어딘가 낯이 익었다.

11. 우리에게 진정 필요한 건

가봤자 내가 알고자 하는 것은 얻을 수 없으리라, 뻔히 짐작되는 바였지만 그래도, 나는 기어이 그곳을 찾아갔다.

경성역 뒤 뜨내기 손님들을 위한 여관과 식당들이 줄지어 선 골목의 맨 앞에 노련한 포주처럼 버티고 앉아 있는 서축당. 뿌연 쇼윈도 너머로 제각기 다른 시간대를 가리키고 있는, 회중시계, 손목시계, 탁상시계, 벽시계 들과 진열장에 누워 이것들을 올려다보고 있는 뻥 뚫린 안경테들이 보였다.

취급 품목이 워낙 까다로운 과학 문물이라 그런지 가게 안은 골목과는 딴판으로 무척 쾌적하고, 깨끗했다. 그러나, 그 소리, 살아 있음을, 깨어 있음을, 필요한 존재임을 알리기 위해 가랑이가 찢어져라 쉼없이 두 발을 움직이고 있는 시계 초침 소리 때문에 나는 불안했다.

"어떤 물건을 찾으십니까?"

종업원 아이가 중앙 진열장 아래에서 불쑥 솟아올랐다. 아이는 두 눈을 초롱초롱 빛내며 반갑게 나를 바라보았다. 아이 뒤에는 주인으로 보이는 조선 남자가 양인 남자와 함께 세브란스를 배경으로 찍은 기념사진이 걸려 있었다. 양인은 조선에 최초로 안경 제조기술을 전파한 캐나다 선교사 에비슨이었다.

"어제 좋은 물건이 많이 들어왔어요."

아이는 진열장의 보자기를 젖히며 싹싹하게 말했다. 조선인 점포답게 물건은 대부분 미제와 독일제였다. 보증기간 딱지를 단 안경테들은 아이 말대로 정말 좋아 보였다. 그러나, 내가 찾는 건 눈알 없는 안경이 아니지 않은가.

"어제 이거말고 딴 거는 안 왔니? 그릴의 미스터 리가 무슨 가방을 맡겼을 텐데. 그걸 찾으러 온 남자 기억나니?"

나의 정체를 알아버린 아이는 두말 않고 보자기를 싹 덮었다.

"……젊은 남잔데…… 키가 크고, 어깨가 넓고…… 아마…… 검은 재킷에, 하얀 와이셔츠, 머리에는 짙은 보라색 파나마 모자를 쓰고…… 이마는 좀 넓고……"

테러 박이 보라색 파나마 모자를 썼는지 안 썼는지 내가 어떻게 알겠는가, 게다가 보라색 파나마 모자가 세상에 어디 있냐. 그러나 난 마치 어제 본 영화 속 주인공에 대해 얘기하듯 최대한 친절하게 묘사하려 애썼다. 왜 그랬을까. 게다가 내 입을 통해서 그려지는 그의 모습은 내 의지와는 전혀 상관없이 점점 더 멋있어지고 있었다. 나보다 더 멋있어지기 전에 누군가가 날 말

려야만 했다. 다행히,

"저는 몰라요. 주인 아저씨 오면 물어보세요."

아이가 도와주었다. 아이의 관심은 오로지 시계와 안경뿐이었다.

"새로 나온 손목시계 보시지 않겠어요? 아저씨한테 딱 어울릴 만한 게 있는데."

아이는 썰렁한 내 팔목에 빛나는 두 눈을 고정한 채 진열장을 열었다.

"너 참 부자 되겠다."

"이제 회중시계는 한물갔어요. 손목시계가 인기죠. 여자들이 쉽게 볼 수 있도록 해야 하니까요. 남자 바지 주머니에 손 집어넣기는 어려워도 손목 잡기는 쉽잖아요."

똘똘한 녀석. 난 수갑처럼 가지런히 놓여 있는 손목시계들을 바라보았다.

"저 프린스 시계는 요새 얼마 하니?"

"뭐요? 왕자표요? 저거는 개인적으로 추천하고 싶지 않네요. 이상하게 잘 멈춰요. 고치기도 힘들고요. 어제도 손님 한 분이 열두시에 딱 멈춰 있는 걸 맡기려고 했는데 내일 모레나 된다니까 그냥 돌아갔어요."

"근데, 넌 여기서 일하면 머리 안 아프니?"

"왜요?"

아이는 부지런하게도 어느새 렌즈 연마기 쪽으로 가 마른 수

건으로 열심히 닦기 시작했다. 시계만큼 부지런한 녀석이었다.

"아니다. 그나저나, 이 많은 시계 중 어느 게 진짜 지금 현재 시간을 가리키고 있는 거지?"

아이는 턱짓으로 내 뒤를 가리켰다.

"저기 벽시계가 정확한 시간에 제일 가깝죠. 매일 경성역 시계를 보고 맞추니까요."

두시 삼십분. 적어도 한 가지 사실은 알게 되었다. 시간이 많지 않다는 걸. 그러나, 부족할 건 또 뭐냐. 시간이란 우리에게 적어도 한 번은 기회를 주는데. 시간이 부족해서 못 하는 일은, 오늘 또 왜 데이트에 늦었는가에 대한, '변명'할 길 없는 '변명' 밖에 없다.

나는 매일 조난실을 찾아갔다. 삼성양장 주인과 직원들은 물론, 단골 손님들까지 내 얼굴을 알게 되었다. 그들은 처음엔 당연히 나를 치한 취급했다. 그런데, 난실이가 나를 지켜주었다.

"사촌오빠야. 마작에 손을 댔다 저렇게 됐어. 원래는 좋은 사람이야. 경성에 아는 사람이라곤 나밖에 없어 찾아오는데 저녁은 먹여야지."

그렇게 말하며 팔짱을 끼고 서둘러 옆 골목으로 끌고 갔다. 그러나 밥을 사준 적은 한 번도 없었다.

"일도 없어요?"

"왜 내가 일이 없어. 대경성신도시계획회의의 서기가 할 일이

없을 것 같아? 구시가지를 정리하고, 도로를 정비하고, 경성을
어지럽히는 모든 것을 제거하는 게 내 일인데. 지금 난 불쌍한
남자들을 거리로 내몰아 시내를 어지럽히고 있는 원인을 제거하
기 위해 야근을 하고 있는 거라고. 오늘은 또 어디 가지? 저번에
는 잠깐 화장실 가느라고 놓쳤지만 오늘은 어림없어."

"당신은 정말 웃기는 남자예요. 술도 안 먹고 와서 행패를 부
리다니. 하지만 당신이 이럴수록 우리가 다시 사귀는 것은 점점
불가능해져요. 시간을 갖자고 했잖아요."

상황은 나도 모르는 사이 우습게 변해 있었다. 조난실이 한
번만 용서해달라고 울며불며 매달려도 시원찮은 판에 내가 그녀
에게 제발 나의 용서를 받아달라고 빌고 있는 꼴이라니. 그녀는
다시 예전으로 돌아가기 위해서는 시간이 필요하다고 했다. 시
간. 시간과 노력. 이 얼마나 소중한 가치인가. 그러나 소중한 게
어디 그것뿐인가?

"그래서 내가 시간을 절약하기 위해서 당신의 과거를 통째로
용서해주겠다니까!"

"왜 그렇게 내 말을 못 알아들어요. 나에겐 지금 용서가 필요
한 게 아니에요. 단지 시간이 필요할 뿐이라고요!"

12. 박가 SONG

강당은 전문학교 학생들로 보이는 젊은 남녀들로 가득했다. 하지만, 떠드는 사람은 한 명도 없었다. 하나같이 장례식장에 온 얼굴을 하고 있었다. 어떤 의미에서는 장례식이기도 했으니까. 그것도 젊은 사람의 장례식.

'경성양악대 고별 공연'

무대 위 현수막의 글씨도 어딘가 모르게 서글퍼 보였다. 무대 옆에선 꽃다발을 든 뚱뚱한 여학생 두 명이 벌써부터 코를 훌쩍거리며 울고 있었다. 너무 울적한 분위기 때문에 신파극의 클라이맥스를 보고 있는 듯했다. 역사적인 순간이란 어째서 대개가 신파적인 것일까 생각하며, 나는 사람들의 발등을 밟으면서 앞쪽으로 갔다.

맨 앞좌석에 어색한 짙은 화장의 한 소녀와 머리를 맞대고 앉아 속닥거리고 있는 남자가 있었다. 옅은 분홍색의 실크 셔츠에 자주색 재킷을 걸쳐입은 남자는 짙은 눈썹과 굵은 쌍꺼풀 때문에 남미 어느 나라의 천재 연주가 내지 장터 풍각쟁이처럼 보였다. 나는 그의 옆자리에 가 앉았다.

"빅터 레코드의 문예부장 박가송 선생님이 아니십니까? 여긴 어쩐 일이십니까?"

남자는 천천히 고개를 돌려 나를 보았다. 그는 내 눈을 보며 씨익— 웃었다.

"저야 음악이 있는 곳이라면 어디든지 가지요. 그런데 제가 기억력이 나빠서…… 실례지만 누구신지?"

"네, 저는 신인 여가수 지망생이었던 조난실양과 듀엣으로 노래할 예정이었다가 선생님께서 무대에서 끌어내시는 바람에 마이크도 잡아보지 못하고 쫓겨났던 이해명이라고 합니다."

"아, 당신은 잘 모르겠고. 조난실양이라면야. 그 아름답고, 매너 좋고, 곡 이해력이 뛰어났던, 그러나 그만 목소리가 불안정했지요."

"그래도 춤 하난 끝내주지 않았습니까? 워낙 훌륭한 춤선생 밑에 있어서."

박가송은 음흉하게 웃으며 무대 쪽으로 고개를 돌렸다. 그는 말끔하게 다듬은 흰 손을 우아하게 들어올렸다. 우렁찬 박수 소리와 함께 단원들이 들어서고 있었다. 그들의 얼굴은 어려 보였지만 입고 있는 제복은 연극 소품처럼 낡아 있었다. 공연이 시작되지도 않았는데 박수 소리는 마치 마지막 연주가 끝난 후처럼 점점 더 커지고 있었다.

"오랜만에 감동적인 공연이었습니다, 안 그렇습니까?"

박가송은 혓바닥처럼 나와 있는 분홍색 실크 포켓 치프를 만지작거리며 말했다. 그는 진짜로 마지막 곡이 끝나고 단원들이 무대 앞으로 나왔을 때 기립 박수를 치며 눈물을 흘렸었다.

"저는 음악에 대해선 잘 몰라서요."

"음악은 별볼일없었죠. 음악도 아니었죠. 전 분위기를 얘기하는 겁니다. 공연 예술의 생명은 바로 현장의 분위기니까요. 거기에다 조명만 좀 신경을 쓴다면 완벽해지는 거죠. 아까 거기도 그랬지만, 왜 그렇게 우리나라 사람들은 조명에 신경을 안 쓰는지, 내가 누누이 말하는 것이지만 경성 여자들이 훨씬 예쁜데도 불구하고 동경 여자들에·비해 우중충해 보이는 건 바로 저 틀니같이 부분부분 누렇고 퍼런 가로등 때문이라니까!"

박가송은 예술가답게 극적으로 신경질적인 모습을 연출했다.

"하지만, 저 시원찮은 가로등을 보고도 너무 놀라 심장마비로 죽은 사람이 있습니다."

"설마?"

"1900년 4월 10일 처음 종로에 가로등이 설치됐는데, 그 다음 날 이완용 집에 출장 왔던 평양 노기가 지나다 그 빛을 보고는 놀라 그 자리에서 그만 심장마비로 죽었습니다."

"혹시 이완용이 너무 무리해서 죽인 게 아닐까?"

"저도 그 생각을 안 한 것은 아닙니다만 분명 대한의원 응급실 의무기록에 정확한 사망원인과 사망시간이 기재돼 있습니다."

박가송은 눈이 똥그래져서 물었다.

"아니, 젊은이는 어떻게 그렇게 사소한 걸 잘 아나?"

늦게나마 총독부 조사과 '대경성신도시계획회의' 서기인 내 소개를 했다.

"경성 길바닥에서 일어난 일은 아무리 사소한 비극이라도 역 사화하는 게 제 일이죠."

"그래도 난 믿을 수가 없는데. 어떻게 저런 분위기 없는 빛을 보고."

"저도 처음에는 미심쩍어했습니다. 하지만 저 또한 저 빛 때 문에 정신이 나간 이후론 믿게 되었죠. 정확히 말하자면, 저 빛 이 아니라 저 빛을 빨아들이는 여자 때문이었죠. 조난실을 처음 봤을 때 얘기입니다. 그때나 지금이나 전 저 빛도, 그녀도 이해 할 수가 없습니다."

박가송은 십 년 된 친구처럼 웃으며 말했다.

"미련한 친구야. 왜 조난실을 이해하려고 하나. 이해하지 말 고 그냥 느끼라고. 예술과 여자는 느끼라고 있는 거야!"

어느 날인가, 다른 날과 마찬가지로 난실이를 괴롭히기 위해 삼성양장으로 가는 길에, 길가에서 난실이를 보게 되었다. 나는 난실이를 놀려주기 위해 키드득거리며 뒤를 따라갔다. 뭐가 그렇게 바쁜지, 안쓰러울 정도로 뾰족한 하이힐을 뒤뚱거리며 열심히 걷는 난실이. 오늘도 또 얼마나 많은 여자들의 허리를 껴안고 살살거렸을지. 난실이의 뒷모습은 지쳐 보였다.

터져나온 실밥처럼 칠칠찮게 붕 떠 있는 몇 가닥 머리카락들. 그녀의 그 윤나던 검은 머리가 이불 기우는 면사처럼 탁하고 질기고 평범해진 것을 보자 난 기분이 상했다. 또, 마음도 아팠다. 잠깐 나 혼자 불평을 하는 사이, 그녀의 평범해진 뒤통수가 이미 예전부터 평범했던 다른 뒤통수들 속으로 숨어버렸다. 그러나 곧, 붕 떠 있는 머리카락들 덕택에 다시 찾아낼 수 있었다. 그렇게 뒤를 밟는 것도 의외로 재미있었다. 마치, 난실이를 그날 처음 보는 것 같은 기분이 들었다. 그 기분이란, 풀먹인 새 와이셔츠에 팔을 집어넣는 순간처럼 가슴 설레는 것이었다.

퇴근길의 인파 속에 파묻힌 그녀를 뒤쫓아가며 난, 예전의 평범하고 명랑했던 가짜 난실이와 지금의, 온갖 서비스업에 종사하며 경성에서 제일 바쁜 바람둥이 난실이 중 어느 난실이가 더 좋은지 생각해보았다. 물론 예전이나 지금이나 변함없이 나를 가지고 노는 것에 대해서는 대단히 열이 나며, 그 때문에 하루에도 몇 번씩 슬프고도 격렬한 위경련에 시달려야 하지만, 그래도 둘 중의 하나를 고르라면 난 지금의 그녀에게 손을 들어주고 싶었다. 비록, 내가 원하는 모습은 아니지만, 그래도 이것이 그녀의 '진실'이 아닌가. 그녀의 '진실'을 뒤쫓으면서 난 또하나의 진실을 보게 되었다.

내가 그녀를 예전만큼 사랑하고 있는지 확신할 수 없지만, 아니, 그런 사랑은 다시 오지 않을 거라는 걸 누구보다 잘 알고 있지만, 어차피 나에게 중요한 건 '사랑'이 아니란 걸 깨달았다. 나에게 중요한 건, 영원히 미워할 수 없는 원수덩어리, 멋있는 나를 구박하는 나쁜 여자, 항상 돈이랑 시간이 모자란다고 투덜거리는, 그러나 아무리 힘들어도 상냥하고 가식적인 웃음만은 잃지 않는, 그냥 그런 여자, 나의 첫 여자친구, 그 유명한 '조난실'이라는 이름의 그 사람, 그 자체뿐. 나에겐 사랑보다 그녀가 더 중요한 것이었다. 사랑이란 어차피 변덕스런 것이라 언젠가는 없어지게 마련이지만, 사랑이 사라진다 해도 '조난실'은 남을 것이므로. 난 사랑이라는 고매한 이념과 관념을 쫓느니 차라리 엉망진창 난장판인 사람을 추격하기로 했다. 이념이 아무리 좋다 해도 같이 빙수를 먹을 수는 없는 노릇이니까.

난 형사놀이는 그만 끝내고 난실이와 함께 계동의 빙수집에 가서 시원한 빙수나 먹어야겠다고 생각하고 발걸음을 서둘렀다. 사람들을 헤치며 그녀의 뒤통수로 바짝 다가갔다. 그녀의 어깨에 손을 얹으려고 하는 순간, 갑자기 그녀가 팔짝 뛰어올랐다. 그녀는 물론 앞쪽에 있던 사람들 모두 그녀와 함께 팔짝 뛰어오르더니 갑자기 내달리기 시작했다.

전차가 온 것이었다. 잠시 허둥대는 사이 난 길을 건너지 못했고, 그녀와 나 사이엔 전차가 들어섰다. 난 그녀가 어디쯤 탔나 보기 위해 옆에 세워져 있던 광고판에 발을 딛고 올라섰다. 서로

밀치고 잡아당기는 사람들 틈에 그녀가 보였다. 난실이는 내가 서 있는 바로 앞 차창을 바라보며 섰다. 나는 약이 올라 이를 가는 그녀의 모습을 보기 위해 최대한 얄궂은 표정으로 혀를 날름거리며 그녀에게 손을 흔들었다. 그러나, 그녀는 바로 앞에 있는 나를 보지 못했다. 사람들에 치이느라 머리에 정전기가 난 그녀는 혼이 나간 사람처럼 무표정하게 앞만을 바라볼 뿐이었다.

나는 더이상 혀를 날름거릴 수 없었다. 그녀의 모습은 바보 같았다. 세상에서 제일 피곤한 바보 같았다. 난 바보한테 혀를 날름거릴 만큼 잔인한 사람이 되고 싶진 않았다. 땡땡땡, 출발 종소리가 울렸다. 전차는 허리를 잠깐 비틀거리더니 움직이기 시작했다. 차창에, 그 뿌연 유리창에 나의 모습이 비쳤다. 그 안에 그녀도 있었다. 스치는 차창에 아주 잠깐 그녀와 나, 우리가 함께 있었다. 우리의 머리 위로 트롤리에서 떨어진 퍼런 불꽃이 반짝거렸다. 전차는 떠나갔다. 흐릿한 한 장의 사진만을 남긴 채.

"그러니까 하늘이 두 쪽 나도 나는 아니라는 말이군."

내 나름의 온 정성과 노력을 다해서 난실이의 마음을 돌려보려 했지만 결국 나는 이별을 통고받고 말았다. 물론 저번에도 받긴 받았다. 그러나 둘 사이에는 약간의 차이점이 있었다. 저번 것이 가짜라면, 이번 것은 진짜였다. 갑자기 온몸이 쑤시기 시작했다.

"해명씨에게 이런 말까지 하고 싶지는 않았어요. 하지만, 이
젠 저도 지쳤어요. 당신은 어린애예요."

부끄러웠다 창피했다. 결별을 통고받는다는 게 이렇게 부끄러
운 일일 줄은 몰랐다. 부끄러움을 잊기 위해 난 마구 딴소리를
해댔다.

"그 남자 때문이야…… 그치? 나를 사랑 않는 게 아니라, 그
남자가 없는 동안 나랑 바람을 피웠기 때문에 그 남자에게 미안
해서 이러는 거지? 그래, 내가 생각이 짧았어. 내 입장에서 보면
당신이랑 그놈이 나쁜 인간이지만 그 남자 입장에서 보면 내가
또 죽일 놈 아니겠어. 맞아. 당신과 내가 잘못한 거야. 우리 멀
리 도망가자. 우리를 모르는 먼 곳으로 가는 거야. 자ー 빨리 어
서ー 앗, 늦었다. 엎드려! 저기 순사가 온다!"

땅바닥에 엎드리며 난실이의 손목을 잡아끌었다.

"제발, 이제 그만 현실을 직시하세요!"

난실이는 내 손을 뿌리치며 싸늘하게 말했다. 그러나 난 계속
땅바닥만을 뚫어지게 바라보았다. 나에게는 그것이 현실이었다.

"당신은 날 몰라요. 내가 얼마나 힘들게 살고 있는지. 난 당신
과 달라요. 난 해야 할 일들이 많아요. 한가하게 사무실에 앉아
서 줄이나 긋는 일이 아니라 정말 중요한 일들이에요. 해명
씨…… 나를 봐요."

난 고개를 들지 않았다. 참다 못한 난실이가 머리채를 잡아당
길 때까지 땅바닥만을 바라보았다.

"전 이제 당신을 사랑하지 않아요."

끝. 실연의 완벽 조건. 그녀에게나, 나에게나, 더이상 어떤 적절한 말이 필요하겠는가. 온몸이 계속 쑤시는 가운데, 이마가 갈라지는 소리가 들렸다. 손바닥에서 뜨거운 김이 피어올랐다. 이빨이 날아가고, 온몸이 터지려고 그랬다. 나는 정신을 차려야만 했다. 다행히, 나에겐 아직 일말의 희망이 남아 있다는 사실이 떠올랐다.

"마지막으로 부탁할 게 있는데…… 들어주겠어? 별로 어려운 거 아냐."

"……뭐예요?"

"지금 한 얘기 다 거짓말이라고 해줘. 당신한테는 누워서 떡 먹기잖아."

나의 마지막 희망은 바로 조난실이 세상에 둘도 없는 거짓말쟁이라는 진실이었다. 그러나,

"미안하지만 들어줄 수 없어요."

난실이는 두 눈을 빛내며 정면으로 나를 바라보았다. 잊지 못할 눈빛이었다.

"내 마지막 부탁인데?"

"기회가 된다면 다음엔 꼭 해드리지요. 당신을 위한 거짓말을. 하지만, 오늘은 진실만을 말할 거예요."

그렇게 해서 마지막 희망도 사라졌다. 이마는 다 갈라진 참이었다. 핏방울인지 땀방울인지 모를 무언가가 뚝뚝 떨어지기 시

작했다. 더이상 버틸 기운이 없었다. 쓰러지든가, 찢어지든가, 터지든가, 뭔가는 해야 할 참이었다. 난실이가 옆에서 기꺼이 도와주었다.

"당신은 나의 이상이 아니에요. 제가 사랑하는 사람은 그 남자예요. 그가 제 이상이에요. 전 그를 위해 살 거예요."

터지기 전에 마지막으로 한 가지 더 묻고 싶은 게 있었다.

"그럼 말이지. 경험이 많으니까 물어보겠는데. 내가 지금 상당히 고통스럽거든. 이럴 땐 어떻게 해야 하는 거지?"

그녀는 이제 더이상의 질문은 진절머리난다는 듯 빛나는 검은 머리를 마구 흔들며 대답했다.

"저도 고통스러워요. 우리 모두 고통스럽다고요. 고통을 나누는 게. 그게 우리의 삶이에요!"

그래서 나는 그녀 말대로 고통을 나누기로 했다. 아까부터 쓰레기통 옆에서 우리를 구경하고 있던 누런 똥개한테로 갔다. 나는 그 개를 발로 차기 시작했다. 마른하늘에 날벼락을 맞은 누렁이는 골목이 떠나가라 고통에 질린 비명을 질러댔다. 그러나 난 계속 누렁이의 너덜해진 뱃가죽을 미친 듯이 깠다. 골목 안에 개 잡는 소리와 난실이의 놀란 고함소리가 왕왕 울려퍼졌다.

"뭐 하는 거예요? 왜 불쌍한 개한테 화풀이예요!"

난실이가 핸드백으로 내 등을 찰싹찰싹 때리며 말렸다. 그러나 난 멈추지 않았다. 누렁이가 하얀 개거품을 흘리며 눈깔을 까뒤집었다. 너무 불쌍했다. 눈물이 나왔다. 그러나 난 계속 발길질을 했다.

"난 지금 우리 누렁이와 고통을 나누는 중인데, 왜! 누렁이가 불쌍해? 거 참, 희한하네. 왜 누렁이의 고통은 느끼면서 나의 고통은 못 느끼는 거지!"

"차라리 나를 때려!"

난실이가 악을 썼다.

"누렁이와 고통을 나누겠다는 거군. 훌륭해. 그런데 더 좋은 방법이 있어. 내가 개 대신 나를 때릴 테니까 넌 내가 맞은 만큼 맞는 거다. 그렇게 우리 서로의 고통을 느끼는 거야. 좋지?"

난 내 배를 치기 시작했다. 진짜로 힘을 줘서 주먹을 날렸다. 창자가 놀라서 기겁을 했다. 온몸이 빨갛게 달아오르며 터지려고 했다.

"미쳤어."

하얗게 질린 난실이 중얼거렸다. 그리고는 비틀비틀 뒷걸음질쳐 골목길을 빠져나갔다. 누렁이는 헥헥거리며 푸른 하늘을 바라보고 누워 있었다. 자식이 웃고 있었다.

나에겐 '상처'가 중요한 게 아니라 '처음'이란 게 중요했다. 처음이라 난 어찌해야 될지 몰랐던 것이다. 나를 둘러싼 모든 것이 너무나 낯설고, 거대하고, 당당한 기세로 나를 에워쌌다. 내안의 상처도 마찬가지였다. 난 하루에도 몇 층씩 제멋대로 증축 공사를 하는 나의 상처를 따라잡기 위해 매일 잠도 자지 않고 무작정 땀을 흘려야만 했다.

그날도 역시 땀을 흘리고 있었다. 땀을 흘리며 열심히 난실이를 쫓았다. 내 덕에 난실이도 땀을 흘렸다. 우리는 종로에서부터 쫓고, 싸우고, 말리고, 따돌리고, 쫓고 하다 신성한 조선신궁이 있는 남산의 야외 음악당까지 올라갔다.

새장처럼 둥근 지붕의 음악당에서는 마침 음악회가 열리고 있었다. 고운 기모노를 입은 우아한 일본인 부부들이 밤인데도 양산을 펴들고 음악당 주위로 모여들었다. 음악당 안에서는 동그란 노란 전등 아래, 예복 차림의 연주가들이 반짝이는 현악기들을 껴안은 채 막 연주를 시작하려는 참이었다.

"내 추억이 사기를 당했는데 나보고 가만히 있으라고."

난실이는 헝클어진 머리를 마구 흔들며 침까지 뱉었다.

"지금은 힘들지만 나중엔 다 아름답게 기억될 거예요. 다들 그렇게 살아가요. 왜 당신만 못 견뎌하는 거예요!"

연주는 시작되었다. 날카로운 바이올린 선율 때문에 귀가 찢어질 것 같았다. 이런 고통스런 음악이 시간이 지난다고 아름답게 기억될 수 있단 말인가?! 머리가 돌 것 같았다.

"난 낭만의 화신이다."

난실이는 비웃어주지도 않고 다시 침을 뱉었다.

"난 당신이 평범한 남자인 줄 알고 좋아했어. 그러나 이제 보니 전혀 아냐. 당신은 평범한 남자도, 편한 남자도 아냐. 당신은 그저 지겨운 남자야!"

쫘악―

옆을 지나던 게다 소리가 뚝 멈추고, 바람 소리도 멈추고, 나뭇잎들도 동작 그만. 뒤쪽에서 사람들이 몸을 뒤척이는 소리가 들렸다. 그러나 연주만은 계속되었다.

난실이는 한쪽 뺨을 부여잡은 채 바닥에 누워 있었다. 난 난실이와 내 벌게진 손바닥을 번갈아 바라보며 그 벌건 손이라도 내밀어줘야 할지 말아야 할지 망설였다. 그러나 망설이고 말고 할 새도 없이 난실이가 하이힐 뒤꿈치로 땅바닥을 찍으며 눈 깜짝할 사이에 벌떡 일어나더니 손톱을 갈기처럼 세우고는 나에게 달려들었다. 멍하니 있던 나는 그녀의 손톱을 보고는 너무 놀란 나머지, 일종의 반사작용처럼 똑같이 양손을 들어올렸고, 이윽고 우리는 서로가 한 번도 상상조차 해보지 못한 추잡한 난투극을 벌이게 되었다. 둘 다 해산하는 여자처럼 이를 앙다물고, 서로의 얼굴을 향해 주먹을 날려댔다. 난실이의 빨간 립스틱이 피처럼 쭉 번지고, 내 입에서 튀어나온 한줄기 끈덕진 침이 그녀의 머리카락에 대롱대롱 매달리고, 누구의 옷에선지 뿌지직― 솔기 터지는 소리가 들리고, 그녀의 무릎이 내 급소를 찾아 열심히 허벅지 근처를 쳐대고, 우리는 손아귀에 힘이 다 빠질 때까지 서로를 붙잡고 늘어졌다. 지루할 정도로 서로의 꼬리를 붙잡고 늘어지다 드디어 그녀가 머리를 내 가슴에 처박으며 소리쳤다.

"지겨워! 지겨워! 이 지겨운 놈아!"

난실이는 울고 있었다. 난 그녀를 진정시키기 위해 온 힘을 다해 꼭 껴안았다. 내 가슴 안에서 마지막 숨을 거두는 새처럼 힘차게 파닥거리고 있는 그녀를 나는 죽일 듯이 껴안았다. 그녀의 눈물과 침으로 내 가슴이 젖고 있었다. 그 축축하면서도 따뜻한 낯익은 느낌. 난 그 느낌이 무엇일까 잠깐 생각에 잠겼다. 잠시 후 그 느낌의 정체를 깨닫게 되었고, 난 곧 그녀의 손목을 끌고 내달리기 시작했다. 안 그래도 우리를 말리려 몰려온 사람들 때문에 더이상 있을 수도 없는 판국이었다. 나는 기진맥진한 난실이를 인형처럼 질질 끌며 숲속으로 달려들어갔다. 사냥개에 쫓기는 부상당한 죄수들처럼 우리는 비틀거리면서 사력을 다해 뛰었다. 난실이도 어느덧 일어나, 그 뾰족한 하이힐로 젖은 땅에 손톱만한 무수한 흔적들을 남기며 달리고 있었다. 숨이 끊길 때까지 달린 후, 우리는 쓰러졌다. 그리고 더이상 우리를 쫓는 빛도, 소리도, 그 무엇도 없는 숲 한가운데에서 사랑을 나누기 시작했다. 우리의 몸 아래에서 쩍― 쩍― 갈라지는 솔방울들의 비명소리를 제외하곤 아무 소리도 나지 않았다. 마지막 솔방울까지 처치한 후 우리는 하늘을 보고 누웠다. 보름달이 모든 걸 지켜보고 있었다는 걸 알게 되었다. 나는 축축한 어둠과 부러진 나뭇가지들을 헤치고 난실이의 손을 찾았다. 우리는 손을 꼭 움켜잡았다. 이만큼 열정적으로 서로를 사랑했던 밤을 우리는 기억해낼 수 없었다. 우리는 그 순간 그저 사랑하는 연인일 뿐이었다.

"미안해."

"……아니에요."

난 고개를 돌려 어둠 속에서 그녀의 얼굴을 찾았다. 달빛이 그녀의 얼굴을 반으로 가르고 있었다. 빛을 받고 있는 쪽은 사과처럼 하얗고 탐스러웠고, 그 반대쪽은 칼처럼 어두웠다.

그녀의 옆모습은 내가 알고 있는 어느 모습보다 아름다웠다. 옆에 가위가 있다면 고스란히 오려내고 싶을 정도로. 그런데, 왜 그랬을까. 갑자기, 그녀의 반쪽을 바라보던 나 역시 반쪽으로 갈라지기 시작했다. 뚜욱! 나는 두 쪽으로 갈라졌다. 그러나, 나의 두 쪽 중 어느 한쪽도 그녀의 그것만큼 아름답지 못했다.

나의 반쪽은 호두처럼 쭈글쭈글 추했으며, 나머지 반쪽도 마찬가지였다.

난실이가 조용히 미소지었다.

"지금 이런 순간이 전 제일 행복해요."

난 내가 결코 이 말을 해서는 안 된다는 걸 알고 있었지만, 어차피 난 두 쪽이 다시 합쳐진다 해도 여전히 추할 뿐인 갈라진 호두알에 불과했다.

나는 웃으면서 물었다.

"그 남자하고도 그랬어?"

"사소한 사랑 따위라뇨? 작년 한 해 감옥에서 죽은 사람보다 실연의 아픔으로 한강 인도교에서 투신 자살한 사람들이 더 많다는 걸 알고 계십니까? 물론 1918년 한강인도교 투신자살 1호 역시 남자한테 버림받은 용산철도병원 간호부였죠. 그 죽은 사람들 발냄새 때문에 언젠가 더이상 한강물을 마시기는커녕 수영도 못 하게 될 날이 올 겁니다. 그런 겁니다. 사소한 가치에 목숨을 거는 사람들이 때론 도도한 강물의 흐름을 바꿔놓기도 하는 겁니다."

박가송은 눈썹을 쓰다듬으며 태연하게 대답했다.

"자네는 어쩐지 난실이와 비슷한 면이 있군. 물론 조난실은 자네와는 완전 정반대였지만. 너무 거창하고, 너무 뜨거웠지. 그래서 노래가 그 모양이었던 거야. 그냥 그 자체로 즐기지 못했지. 즐기면서 느끼면 돼. 거기에 질서가 있는 거야. 내가 그 이십세기모던이미지댄스구락부들한테 질렸던 점도 그거야. 거기에 춤 제대로 추는 인간 하나도 없어. 왜냐, 느끼지를 않으니까, 즐기지를 않아. 맨날 와서 회의야. 그래서 스튜디오를 안 빌려주기 시작했지."

"박형, 테러 박은 어떻습니까? 보셨습니까?"

"누구? 테일러 박? 양복쟁이 박씨 말하는 거야?"

13. 경성감옥

조난실과 함께 온 남자는 한눈에 봐도 제정신이 아니라는 것을 알 수 있었다. 남자는 물에 빠진 백과사전처럼 무겁고 칙칙한 회색 코트를 질질 끌며, 맨땅 위를 걷고 있으면서도 마치 줄타기를 하는 것처럼 한 방향으로 집요하게 비틀거리며 걸었다. 조난실은 우리를 서로에게 소개시켜주었다.

"이쪽은 제가 사귀었던 이해명씨라고 하고요……"

그녀는 당당히 과거형을 사용하였다.

"이분 역시 제가 한때 사귀었던 오가이씹니다."

오가이란 남자는 강아지처럼 맑고 투명한 갈색 눈을 내 어깨에 고정시킨 채 멍하니 웃었다. 그는 낙천적인 성향의 미치광이였다. 난실이는 그를 옆에 앉혀놓고 마치 교사와 면담을 하는 어머니처럼 차근차근 이야기하기 시작했다.

"오가이씨는 조선노동청년혁명전위동맹에서 노조위원장으로

활동하다 재작년에 체포돼서, 출옥한 건 올해 초예요. 그렇게 쌍심지 켜지 말아요. 오가이씨가 불안해하니까. 오가이씨는 이 조선 땅 그 누구보다 명석하고 아름다운 사상가였어요. 고문과 수형생활 때문에 이렇게 됐지만, 분명 다시 돌아올 거예요."

분명 언젠가는 다시 돌아오겠지만 아직은 때가 아닌 것 같았다. 오가이씨는 여전히 내 어깨를 향해 정신 나간 미소를 지그시 보내고 있었다.

"당신이 얼마나 한심한 사람인지 확인시켜주려고 어렵게 오가이씨를 모시고 온 거예요. 지금부터 내가 하는 얘기 똑똑히 들으세요. 마지막이니까…… 제가 당신을 좋아했던 건 진심이었어요."

그건 나도 알고 있었다.

"물론 당신을 속인 건 사실이에요. 하지만 그랬기 때문에 당신도 행복할 수 있었던 거예요."

그건 모르고 있었다. 조난실이 나의 행복을 염려해주고 있었을 줄은.

"나의 행복에 대해서 얼마나 알고 있지?"

조난실은 팔짱을 끼며 도전적으로 날 쏘아봤다. 그런 거친 모습은 낯설었지만 왠지 그녀에게 잘 어울리기도 했다.

"전 남자들한테 원하는 걸 얻는 여자예요. 하지만 저 또한 그들이 원하는 걸 주죠. 해명씨, 너무 억울하다고 생각지 마세요. 당신은 밝고, 귀여운, 남자들이 처음 사귀고 싶어하는 그런 달콤한 애인을 원했을 뿐이고, 그리고 비록 짧은 동안이지만 그걸 가질 수 있었어요. 짧은 게 불만이라면, 그건 어쩔 수 없어요. 처음엔 다 그런 거란다, 외로운 소년아…… 제가 좋아하는 시 구절이에요."

난실이는 시까지 읊을 여유가 있었지만, 나는 물컵 들어올릴 기운도 없었다.

"당신은 저한테 너무 잘해줬어요. 물질적인 면뿐 아니라 정신 적인 면에서도. 당신 곁에 있으면 언제나 편안했죠. 거짓말하는 순간에도 전 편안했어요. 왜냐고요? 당신이란 남자에게는 죄책 감을 느낄 필요가 없었으니까요. 여기 오가이씨를 보세요. 다른 민족, 다른 계급을 위해 자신을 희생하고, 고문과 병으로 죽도록 고생하다 이젠 고향도, 사랑도, 영혼마저 잃어버린 비참한 신세 가 됐어요. 그런데 당신은 뭐죠? 뭐? '나의 둥그런 푸른 무덤'? 그건 억울하게 죽어가고 있는 우리 민족 모두의 무덤이야! 세상 에 당신처럼 한가한 사람이 있다니. 다른 사람들한테 얘기하면 믿지도 않더군. 당신, 아무것도 안 하고 있다고 아무 죄도 안 짓 고 있다고 생각하지 마. 당신에게는 미래가 없어! 당신은 쓰레 기야!"

나는 줄을 긋고 정리해야 했다. 그러나, 나에겐 자도 고무도 없었다. 그래서 난 자나 고무 없이도 할 수 있는 일, 턱뼈가 날 아갈 정도로 고함을 지르기로 마음먹었다. 그러나, 입은 벌어졌 으나 소리는 나오지 않았다.

나는 모욕을 당했다. 그같은 종류의 모욕 역시 '처음'이었다. 당연히 난 어찌 해야 할지 몰랐다. 처음엔 다 그런 거란다. 외로운 소년아…… 외로운 소년이 무얼 알겠는가.

"이런 말까지 듣고도 다시 나를 만날 만큼 당신이 바보라고 생각진 않아요. 저와의 일은 좋은 추억만 기억하세요."

조난실은 일어났다. 그리고 나가기 전에 한마디 더 덧붙였다.

"전 일이 있어서 가봐야 해요. 오가이씨를 집까지 좀 바래다 주세요. 당신에게 시대의 아픔을 몸소 경험하게 해주기 위해서니까 귀찮다고 생각지 마세요. 오가이씨는 직선으로 걷지 못해요. 부채꼴로 걸어요. 서대문 형무소 운동장이 부채꼴 미로로 돼 있는 거 아시죠?"

오가이씨는 어느샌가 졸고 있었다.

사랑했던 사람에게 쓰레기란 소리를 듣고도 뭐라 한마디 대꾸도 못 한 나는 분이 나서 제대도 걸을 수도 없었다. 그러나 나보다 더 헤매면서 걷는 사람이 있었는데 바로 오가이씨였다. 오가이씨는 정말로 부채꼴로 걸었다. 투쟁이 남긴 상처는 그의 멍하고 태평한 미소만이 아니었다. 어디선가 서대문 형무소의 운동장에 대해서 들은 적이 있는데, 그것은 보통의 네모난 모래 운동장이 아니라, 부채꼴 모양의 대단히 높은 담 안에 부챗살 같은 열 줄의 담이 있고 죄수들은 그 안에서 운동을 한다는 것이었다. 그 모양이 잘 떠오르진 않으나 아마 입체 부채 안에서 입

체 부챗살을 왔다갔다하며 운동을 하는 모양이었다. 오가이씨는
그 안에서 도대체 어떤 운동을 했기에 저다지도 잊지 못하는 것
일까. 오가이씨는 길이 있으면 그냥 쭉 걷지 않았다. 우선 약간
기운 채로 오른쪽 끝까지 간 후, 다시 게걸음으로 왼쪽 끝까지
가고 나서, 이 부분에선 약간 곡선을 그리며 걷는다, 그 다음에
뒷걸음질쳐 출발점으로 돌아오는 것이다. 정리하자면, 오가이씨
의 발자국을 쭉 이으면 커다란 부채가 되는 것이다. 이렇게 한
번 부채꼴을 그리고 나서야 다음 골목으로 이동했다. 간혹 짧은
골목에선 이 과정을 생략하기도 했다. 그러나 인력거가 다닐 만
한, 길의 끝이 제법 한눈에 들어오는 골목에선 꼭 부채꼴로 걸
었다. 명치정에서 본정까지 그렇게 갔다. 당연히 난 돌 것만 같
았다. 처음에는 웃으면서 달래보기도 했다.

"오가이 선생님, 부채 모양 부채만 있는 건 아니지 않습니까?
둥그런 부채도 있으니 우리 인력거를 타고 뱅글뱅글 동그라미를
그리면서 가는 건 어떨까요?"

오가이씨는 그냥 웃었다. 그리고 다시 걸었다. 나는 너무 기가
막힌 나머지 혹시 이것 역시 난실이가 꾸민 술책이 아닐까 하는
의심도 해보았다. 그러나, 처음 팽이치기를 배우는 아이처럼 두
눈이 빙빙 돌면서도 땀을 뻘뻘 흘리며 열중하고 있는 오가이씨
의 진지한 얼굴을 보니 그런 의심을 한 나 자신이 부끄럽게 느
껴졌다. 그래서 나도 결국, 미친놈들이라고 욕하며 피해가는 행
인들을 툭툭 건드리며 그 부채꼴 여행에 동참했다. 그리하여 드

디어 오가이씨의 집에 도착했을 때 난 헛구역질을 하며 쓰러졌다. 그러나 오가이씨는 조금도 휘청거리지 않고 말없이 땀만 닦았다. 온몸이 땀에 젖은 오가이씨는 더 맑고 투명해진 갈색 눈을 빛내며 나를 향해 웃었다.

"운동 끝. 내일 또 봅시다."

그는 대문 안으로 사라졌다.

나는 그를 붙잡고 싶었다. 부채가 아니라 부채 공장을 만든대도 함께 있고 싶었다. 나는 혼자 남겨지기 싫었다. 쓸쓸했다. 너무 우울했다. 나는 혼자서 다시 걷기 시작했다. 물론 부채꼴로 걷지는 않았다. 이미 난 오가이씨와 함께 팔십 개가 넘는 부채를 만든 후였다. 아무리 더워도 더이상의 부채는 필요하지 않았다.

거짓 추억만 가진 외로운 소년, 비굴한 식민지 청년, 나 같은 놈 때문에 독립이 안 된다. 난실이의 말은 옳을지 몰랐다. 난 쓰레기이다. 이상도, 신념도, 희망도 없는 존재는 쓰레기이다. 더 나아가 난 미래가 없는 쓰레기이다. 난실이가 나의 미래를 걱정하고 있었을 줄이야. 어쩐지 고맙기도 하고, 한편으론 억울하기도 했다. 난 그녀의 명백한 과거도 용서해줬는데 그녀는 나의 불확실한 미래도 용서해주지 않다니. 어쨌거나, 난 쓰레기이고 쓰레기의 미래는 쓰레기통이다. 그러므로 나는 지금 쓰레기통으로 가야 한다. 그러나 내가 알기로는 내가 들어갈 만한 쓰레기통은 이 경성 바닥에 없다. 그렇다면, 난 어쩜 쓰레기가 아닐지도 모르는데. 그렇다면, 나는 뭘까. 난 몸을 고단하게 해서라도 잠시나마 괴로운 잡념에서 벗어나고 싶었다. 그래서 난 계속 걸었다. 그렇게 한참을 소나기를 맞는 것처럼 온몸을 움츠리고 걷다가 너무 지쳐버린 난 잠시 쉬기 위해 어느 카페로 들어갔다.

커피를 시킨 후 머리를 식히려고 주위를 돌아볼 때였다. 난 그곳이 예전에 난실이를 찾느라 여러 카페들을 전전할 때 한번 와본 적이 있는 곳이란 걸 깨달았다. 그때 내부수리를 하고 있었던 스타박스인가 하는 카페였다. 카페는 아메리칸풍으로 새 단장을 했으나 어째 전혀 새로워 보이지 않았고, 종업원들은 손님이 앉아도 말도 안 걸었다.

난 혼자 헛웃음을 흘리며 맥없이 앉아 있었다. 그때, 갑자기 엉뚱한 생각이 떠올랐다.

내가 난실이를 찾아 헤맨 그 길들을 모두 연결해보면 어떤 모양이 될까.

설마 오가이씨의 것처럼 부채꼴은 아니겠지. 난 웨이터에게 펜과 종이를 부탁했다. 그리고는 최대한 오가이씨의 멍한 눈빛을 흉내내며 차근차근 기억을 더듬어갔다. 난실이의 행적을 추적하며 헤매고 다녔던 그 크고, 작고, 더럽고, 새롭던 많은 골목과 길들. 내 고통의 흔적들, 아픔의 카페들. 우선 종로부터 시작했다. 기독교청년회관에서 종로경찰서까지 그 짧은 거리를 사이에 두고 난 좌우로 정신없이 돌아다녔었다. 그 다음, 명치정. 명동성당에서 혼마치를 지나 경성우편국, 청국공사관, 조선저축은행까지. 워낙 크고 작은 카페들이 많아 사람들한테 길을 묻기도 여러 번이었다. 잠깐 광통관과 동척 근처에서 헤맨 다음 본정으로 갔었는데, 거기서는 일식집을 하는 대학동창을 만나 그 녀석 도움으로 쉽게 찾을 수 있었다. 집중해서 더듬어보니 놀라울 정도로 또렷이 기억이 났다. 그건 어디까지나, 하루에 몇 개의 카페와 음식점이 생겨났다 망하고, 전깃줄 상습도난지역과 전차 의자 및 손잡이 집중 훼손지역이 어디며, 영국에서 직수입한 황금연예관 앞 가로등이 왜 근처의 조망과 어울리지 못하고 자꾸 꺼지는지 등등의, 경성 거리에서 일어나는 모든 일에 대해 매일 줄을 긋고 정리하는 대경성신도시계획회의의 일등서기인 나, 이해명이기 때문에 가능한 일이었다.

어쨌거나, 어렴풋이 대충 세 개의 지도가 완성됐다. 난 괜히 뿌듯해져서 주위를 한번 쓰윽 돌아보며 웃었다. 그리고는 어떤 모양일까 궁금해하며, 내가 걸어갔던 길들을 점점이 쭈욱 연결하기 시작했다. 꾸불꾸불, 뚝 끊어졌다, 기적처럼 다시 이어지는 펜 자국. 천천히 골목과 길들을 따라 펜을 이끌어갔다. 드디어 모든 점들이 연결되었다.

미로가 나왔다. 아니, 미로도 아니었다. 무슨 그림 같기도 하고 하여튼 요상했다. 나는 종이를 뒤집어보았다. 그리고 한동안 뚫어져라 바라보았다. 모양이 잡혔다. 그 모양은 바로……

배였다. 확실히 배 모양이었다. 그냥 배가 아니라, 돛대가 부러지고, 갑판이 날아가고, 닻이 떨어져나간 그건 바로, 조난당한 배였다.

난 놀라서 종이를 앞으로 뒤로 몇 번을 확인했다. 보면 볼수록 더욱 명확해졌다. 그러나, 신중을 기해야 했다. 벌떡 일어나서 웨이터한테 달려가 종이를 내밀고 다급히 물었다.

"이게 뭐같이 보입니까?"

깜짝 놀란 웨이터는 겁먹은 얼굴로 종이와 나를 번갈아 보며 대답했다.

"배요."

"하하. 하하하. 하하하하 우하하하하!"

난 그 자리에서 뱅글뱅글 돌며 미친 듯이 웃어젖혔다. 여급들이 놀라서 컵을 들고 도망갔다. 난 눈물이 날 때까지 웃었다. 울면서도 웃었다. 난 평생의 고행 끝에 드디어 깨달음을 얻은 거지 땡중이었다.

폭풍우에 부서진 조난당한 배. 즉, 그건 바로 무얼 말하는가, 그걸 간략하게 다른 말로 줄이면 무엇이 되나, 그건 바로, 바로, 조! 난! 실!

오가이가 부채꼴의 감옥에 갇혀 있듯 난 조난실이라는 감옥에 갇혀 있었던 것이다. 모든 게 밝혀졌다. 경성과 조난실은 공범이었다. 한패가 되어 나를 속여왔던 것이다. 밤바다에서 홀로 우는 나를 지켜줄 생각은 안 하고, 탐욕스런 파도에 처넣기 위해 끊임없이 폭풍우로 내리쳤던 비정한 조난실. 자기도 부서지고 망할 거면서 왜 기어이 그래야만 했는지. 어리석은 조난실. 그리고, 그런 조난실을 도와준 너 나쁜, 경성. 들어라. 나는 더이상

비만 와도 벌벌 떠는 겁쟁이 뱃멀미 환자가 아니다. 나는 테이블을 쾅 치며 외쳤다.

"여기 오늘 술값 내가 다 계산합니다."

아까 그 웃음에 놀란 여급들이 믿으려 하지 않았다. 그래서 난 곧장 지갑을 꺼냈다. 생각보다 많이 나왔지만 괜찮았다. 충분히 그럴 만한 가치가 있었다. 나는 거리로 나왔다. 난 이제 더이상 폭풍우가 두렵지 않았다.

"어디로 가는 거예요? 아파요, 이거 놔!"

나는 옷장 안에 코트를 벗어던지듯 택시 안으로 난실이를 밀어넣었다.

"경성역으로 가주세요."

"거길 왜 가요?"

"우린 여길 어서 떠나야 돼!"

"뭐라고요!"

"아직도 모르겠어? 빨리 경성을 떠나야 해. 경성은 위험하다고. 경성이 뭔지 알아? 경성은 조난실이야!"

"자꾸 헛소리하면 내릴 거예요."

"어제 웨이터도 그랬어. 경성은 조난실이라고! 난파당하기 전에, 물에 빠지기 전에 어서 여기를 빠져나가야 해! 아저씨 속도를 최대한 내주세요!"

"미쳤어. 미쳤어. 진짜 미쳤어. 아저씨, 세워주세요!"

난실이 눈에 핏발이 섰다.

"당신이 무슨 권리로 나를 이렇게 괴롭히는 거야?"

조난실은 진짜 화가 나 있었다. 입도 벌리지 않고 으르렁거렸다.

"더이상 모욕은 참을 수 없어. 당신이 그럴 자격이 있는 줄 알아? 이 한심한 인간아!"

난실이 갑자기 두 발을 번쩍 들더니 문을 차대기 시작했다. 그러나 택시는 도로 한가운데 있었고, 차마 뛰어내릴 용기까지는 없는 듯했다. 그래서 대신 내 팔목을 물어뜯기 시작했다. 나도 살기 위해서 난실이의 목을 졸랐다. 택시는 들썩거리면서 파도 넘듯 건널목을 횡단했다. 나의 급소를 찾아 무수한 발길질을 날리던 난실이의 검은 하이힐이 급기야 기사가 앉아 있는 앞좌석을 내리찍는 순간, 끼이익— 택시는 마지막 숨을 거두는 코뿔소처럼 장렬한 모래 먼지를 일으키며 폭싹— 아스팔트 위에 주저앉았다. 우리가 탄 택시 주위로 코뿔소의 죽음을 애도하는 경적소리가 울려퍼졌다. 나는 꺾인 목을 펴며 난실이를 일으켜세웠다. 귀고리 한쪽을 흐트러진 머리 가운데에 단 난실이가 울면서 없어진 하이힐 굽을 찾고 있었다. 난 난실이를 돕기 위해 허리를 숙이고 바닥을 더듬었다. 난실이는 그 도도한 굽이 사라져버린 하이힐로 내 등을 마구 쳐대며 울부짖었다. 나는 그대로 맞기만 했다. 난실이는 울면서 택시에서 뛰어내렸다.

뛰어내리면서 난실이는 나의 두 눈을 향해 소리쳤다.

"그대로 갚아주겠어!"

쾅!

경적소리는 계속 되고 있었다. 택시기사는 눈물 같은 진땀을 흘리며 제발 내려주기만 하면 고맙겠다는 눈빛으로 나를 돌아보았다. 오른쪽 창에서는 빨간색 란치아에서 양인 부부가 퍼런 눈을 빛내며 보고 있었고, 왼쪽 창에서는 소나무 가지를 잔뜩 실은 달구지 짐꾼이 순박한 눈을 끔벅이며 괜찮은지 묻고 있었다. 나는 서둘러 요금을 치르고 택시에서 내렸다. 경성역이었다.

나는 비틀비틀, 떠나는 사람보다 돌아오는 사람이 더 많은 저녁 무렵의 경성역 광장으로 걸어갔다.

광장에는 경성에 도착한 게 믿어지지 않아 이리저리 쳐다보느라 바쁜 시골 농부들과, 고향에 갔다 올라오는 빳빳한 교복의 전문학교 학생들, 그릴에 저녁식사를 하러 온 아름다운 귀부인 등 많은 사람들이 오가고 있었다. 모두 제각기 바쁜 길을 가고 있었다. 한가로이 여름날 저녁하늘을 올려다보고 있는 사람을 없었다.

나는 총독부의 그것말고 또하나의 경성의 둥그런 푸른 무덤, 경성역의 비잔틴 풍 돔 지붕과 그 아래 보석처럼 박혀 있는 경성역 시계를 올려다보았다. 나는 한참 동안 시계를 바라보았다. 나말고 시계를 보고 있는 사람이 옆에 또하나 있었는데, 작고 마른 얼굴이 개똥처럼 반짝거리는, 저고리 짚신 차림의 농부였다. 그는 죽은 닭 같은 봇짐을 축 늘어뜨린 채 눈을 가늘게 뜨고 시계를 올려다보고 있었다. 그는 시골에서 갓 상경한 사람들이 으레 하듯이, 거리의 전차와 자동차를 바라보며 손짓을 한다든지 양행꾼과 모던걸들을 보며 혀를 쯧쯧 찬다든지 하지 않고, 단지 시계만 바라보았다. 경성에서 볼 것은 저거 하나뿐이라는 듯이.

한참을 진지한 얼굴로 올려다보던 그가 갑자기 그 버쩍 마른 입술을 벌리며 아이처럼 배시시 웃었다. 그는 무엇을 본 것일까. 시계 속에서 시간 아닌 뭔가 다른 행복한 것을 본 것일까. 나도 괜히 그를 따라 웃어보았다.

나는 주머니에서 구겨질 대로 구겨진 종이뭉치를 꺼냈다. 예전의 철도국에서 발행했던 '조선교통약도'. 일본 관광객들을 위해 조선의 주요 관광 명승지들의 사진과 기차표를 기록해놓은 관광안내서로, 옛날에 수학여행 갔을 때 기념으로 샀던 것이었다. 그걸 난 책상 서랍 속에 오랫동안 간직해왔었다. 나중에 사랑하는 여자가 생기면 그 지도를 가지고 함께 여행을 가야지, 생각하며. 낭만의 화신은 어렸을 적부터 낭만적이었던 것이다. 나는 도저히 회복 불가능한 상태로 구겨져버린 그 종이뭉치를 다시 곱게 구겨서 주머니에 집어넣었다.

눈물이 나오려 했다. 난실이를 놀라게 해주고 싶었는데. 난실이와 함께 이 경성을 떠나고 싶었는데. 단지 그것뿐이었는데. 경성을 떠나 아름답고 평화로운 먼 곳에 가면 다시 옛날의 사랑을 되찾을 수 있을 거라 생각했는데. 그런데, 이렇게 기차 구경도 못 해보고 혼자 남겨지다니. 왜 난 또 까불었을까. 왜 난 자꾸 이상한 짓만 하는 걸까. 난 정말 미친 걸까.

어쩜 여행을 안 간 것이 나은지도 모른다는 생각이 들었다. 가봤자 달라지는 것은 없을 테니까. 낯선 곳까지 가서 그 사실을 확인할 필요는 없으니까. 외로운 모험을 다시 하기는 싫으니까. 아마, 우리의 시간을 다시 되돌릴 수는 없을 것이라는 확신이 들었다. 시간은 사람 맘대로 되는 게 아니니까 시간은 저 시계가 아니니까.

경성역에서 그녀를 그렇게, 하이힐 굽을 못 찾아주고 떠나보낸 것이 그녀와의 마지막이었다.

난실이는 다시 사라졌다.

그후 나에게는 두 가지 중요한 사건이 일어났다. 그중 첫번째는 늦잠을 자고 일어난 어느 오후, 내 생애 최고의 실수를 한 점 부끄러움 없이 해버린 일이고, 두번째는 그 실수가 있은 며칠 후 출근을 하려고 옷을 입고 있는데 형사들이 내 방 문을 노크한 일이다.

14. 우린 모두 외로운 싸움을 하지

"비즈니스상 난 여자의 남편에게는 관심을 안 두지. 어쨌거나, 남편 뒷바라지하느라고 조난실이 그렇게 바빴던 거로군. 조난실이 얼마나 바쁜지 난 그 여자가 언제 화장실 가서 화장을 고치는지가 정말 궁금했다니까. 낮엔 일하지, 밤엔 춤추지, 주말이면 우편자동차 털지."

"우편자동차습격사건에 대해서 알고 있었습니까?"

박가송은 하얀 실크 스카프를 꺼내 화장을 고치듯 땀에 젖은 눈썹을 조심스럽게 닦았다.

"이봐, 내가 그래도 한때는 조난실과 꽤 친한 사이였다고."

"그 사애단인지 뭔지 하는 놈들, 조난실을 무슨 여왕처럼 생각하더군요."

"그 녀석들한테 내가 한번 저녁을 산 적이 있지. 우편자동차 털다가 영국공사관 앞으로 된 소포가 있어 뜯어봤더니, 레코드가 잔뜩 들어 있더래. 기특하게도 나 준다고 곱게 챙겨왔더라고.
그때 한번 봤지. 그리고……."

　박가송은 마술사처럼 하얀 실크 스카프를 탁탁 허공에 털며
빙그레 웃었다. 그냥 지나칠 수 없는 웃음이었다. 박가송은 스카
프를 한 손으로 빙글빙글 돌리며 말했다.

　"사실은 어제 조난실이 나를 찾아왔어."

　하얀 스카프 안에서 토끼 대신 토끼보다 귀엽고 반가운게 튀
어나왔다.

　"진작 얘기하실 것이지! 남편이랑 같이 왔습니까?"

　"아니, 단원 하나랑 같이 왔어. 철권이라고 대만에서 위조 외
국 채권을 전문으로 제작하다 경성으로 도망온 녀석인데, 아주
무서운 놈이지. 사애단원들은 자네나 나 같은 인간하고는 완전
히 격이 다른 놈들이야. 아주 훌륭한 놈들이지. 그놈들에 비하면
우린 정말 아무 데도 쓸 짝 없는 인간들이라니까. 그 녀석은 만
석꾼 땅문서에서부터 가짜 영수증, 가짜 차표, 가짜 식권까지 못
만드는 게 없는 놈이라고. 대단한 녀석이야."

　난 답답해서 본론을 재촉했다.

　"내일 신임 총독 취임 축하 무도회에 일본 최고 인기가수 모
모코 양이 공연을 할 예정이거든. 모모코 양은 우리 레코드사
소속이야. 그래서 나도 초대권을 한 장 받았지. 실은 모모코 양
이 워낙 내 꽃다발을 받고 싶어해서 뒷줄로 한 장 빼돌린 모양
인데, 아주 귀한 물건인가봐. 나도 놀랐다니까. 그걸 사겠다는

사람이 벌써 다섯 명도 넘는걸."

"조난실도 사겠답니까?"

"조난실은 잠시 빌려달라더군. 철권이 오 분 내로 똑같이 한 장 위조하겠다고."

"그래서요?"

"싫다고 했지. 여자 만나러 가는데 누가 옆에 끼는 건 싫거든."

"잘했습니다."

"그런데 거절하고 나니까 좀 미안하더라고. 철권이 조난실을 잡아먹으려 달려드는데, 나만 철석같이 믿고 있었나봐. 쩔쩔매는 난실이를 보니까 마음이 좀 아팠어."

"아니, 여왕을 잡아먹으려 한단 말입니까?"

"워낙 먹을 게 없으면 그럴 수도 있지. 그런데 집에 와서 보니까 별로 미안할 것도 없더라고, 집 안이 완전 개판이 돼 있더군. 어지간히 급했나봐."

"초대장은 어디 있습니까?"

"어디 있긴. 내 엄지손가락에 있지. 어쨌거나, 오늘밤 조난실과 남편의 듀엣 고별쇼가 있단 말이지? 어디서 불꽃놀이를 하려나, 그쪽 동네는 피해야겠군."

나는 우울했다. 왠지 모르지만 우울했다.

"저는 난실이에 대해 결국 아무것도 모르고 있었군요. 내가 아는 난실이란, 그저 밝고 명랑하기만 하던 모습이랑, 피곤에 지쳐 있던 모습. 이 두 가지뿐인데…… 난실이가 정말 좋아하는 일은 따로 있었던 거예요."

박가송은 쾌활하게 웃으며 날 위로하려 했다.

"원래 여자란 다 그런 거야. 자기가 정말 좋아하는 건 좀처럼 보여주지 않는다니까. 여자들은 귀엽게도, 자기가 순대 좋아한다는 걸 꼭 끝까지 숨기려 한단 말이야."

"난실이에게 나 같은 건 필요하지 않아요. 이제야 알겠어요."

박가송은 하얀 실크 스카프를 편지지 접듯 곱게 접으면서 말했다.

"그런데 말이야. 자네가 기억하는 난실이와 내가 기억하는 난실이는 실은 별로 다를 것이 없는 것 같아. 난실이가 정말로 행복하던 모습이 나도 잘 기억이 안 나거든. 심지어 노래를 부를 때도 난실이는 별로 즐거운 얼굴이 아니었어. 물론 웃기는 했지만, 진짜 웃음은 아니었지. 그래서 내가 한번은 피아노 뚜껑을 쾅 닫으며 무섭게 물었지. 여기가 무슨 교회당인 줄 아냐. 그 따위 웃음은 집어치워. 그따위 눈물도 때려치고. 넌 도대체 왜 노래를 부르는 거냐? 난실이가 대답하더군. 개미만한 소리로. 저도 잘 모르겠어요. 하지만. 전 그냥 무대가 좋아요. 무대에서야 모두 저를 보잖아요……"

박가송은 곱게 접은 스카프를 내 재킷 주머니에 꽂아주고는 어깨를 탁탁 치며 웃었다.

"기운 내게. 자네는 할 일이 많잖아."

예상 외로 취조실은 깨끗했다. 달걀만한 전등이 막 부화하려는 순간처럼 깨질 듯이 불타고 있었는데, 그 빛은 따뜻해 보이기까지 했다. 하지만 난 그 전등을 올려다보며 하염없이 이빨을 달달거리며, 정신없이 떨어야만 했다. 떨면서, 정신을 차려야 한다, 정신만 차리면 된다, 어금니가 아플 정도로 중얼거렸지만 아무 소용 없었다. 사태가 얼마나 심각한 것인지 알 길이 없었다. 다만 옆에 고문기구가 없는 걸로 봐서 아직 나에게 일말의 희망은 있다는 생각은 들었으나, 절대 안심할 일은 못 되는 것이 일본인과 조선인, 두 형사들이 자꾸 들락날락거리면서 자기네들끼리 계속 귓속말을 주고받았고, 그래서 난 둘 중의 하나가 뭐라도 하나 들고 들어올까봐 문이 열릴 때마다 오줌을 찔끔거렸고, 다음에 다시 나갔다 들어올 때까지의 그 짧은 사이에도 급하게 그것을 말려야만 했다. 특히, 조선인 형사와 눈이 마주칠 때마다 더욱 바짝 얼어붙었는데, 일본인보다 조선인이 더 고약하다는 소문은 아무래도 사실인 것 같았다.

"다시 한번 정리하자면, 지난 화요일 오후 네시에 있었던 동대문 우편자동차습격사건에 대해서 아무것도 모른단 말이지? 도주하던 범인들이 민가에 버리고 간 옷에서 분명 자네의 신분증이 나왔는데."

난 침이 모자란 개처럼 헐떡거렸다. 우편자동차습격사건 범인 도주 현장에서 나의 총독부 직원 신분증이 나왔다니. 용감한 우리의 불령선인들이 우편자동차를 습격해 거액의 현금을 탈취하

고, 그 자리에서 일본인 명의의 우편물들을 모두 낙엽 태우듯
깔끔히 불지르고 미아리 쪽으로 도주했다는 기사를 신문에서 읽
기는 했으나, 어떻게 해서 도주한 범인들이 내 옷을 입고 있었
던 것일까. 그것도 나도 아끼느라 몇 번 입어보지 않은, 화신상
회에서 비싸게 맞춘 감색 슈트를.

평범한 공무원인 내게 닥친 이 크나큰 시련을 어떻게 극복해
야 할지 난 알 길이 없었다. 억울함과 동정을 호소하기 위해 소
리칠 기운도 없었다. 내 몸만은 보존하겠다는 인간으로서의 최
소한의 명예심도 사라지는 걸 느꼈다. 난 두 형사 중의 아무나
빨리 대형 쥐꼬리 같은 쇠좆매를 가지고 와 내 등을, 딱 기절하
기 좋을 만큼으로만 후려쳐주길 바랄 뿐이었다. 난 그냥 잠들고
싶었다.

"그런데 말이지……"

난 그제야 왜 그들이 나를 이렇게 고분고분히 취조하는지, 나
만 모르고 있는 이유가 있음을 알게 되었다.

"화요일에 무얼 했지?"

화요일. 난 잠이 후딱 깨는 걸 느꼈지만 눈을 뜨지는 않았다.
두 형사는 난감해하고 있었다.

"화요일 날 뭐 했냐니까!"

조선인 형사가 갑자기 테이블을 주먹으로 치며 버럭 소리를
질렀다. 하지만 분위기와 맞지 않게 혼자 열을 내는 것이어서
나도 일본인 형사도 둘 다 무시해버렸다.

일본인 형사는 곤란하고 답답하다는 듯 얼굴을 찡그리며 나를 보았다. 난 그런 그를 외면했다. 난 절대 입을 열지 않으리라 다짐했다. 비열하고 소심한 나지만 이번만은 그러고 싶지 않았다. 어떻게 그런 위험한 장소에서 내가 나의 명분을 지키기로 결심할 수 있었는지, 나 자신도 놀라웠다. 만약 내 명분이라는 것이, 조국이나 조직, 개인의 명예와 관련된 것이었다면 그렇게 하지 못했으리라.

"시마 국장님의 사모님이 오셔서 증언을 해주셨기 때문에…… 운이 좋은 줄 알아. 하지만 한동안 조심하는 게 좋을 거야, 알았나!"

조선인 형사가 다시 한번 분위기와 맞지 않게 굴었다. 일본인 형사는 벌써 일어나 나가고 있었다.

나의 명분은 우정이었다. 나의 착한 친구 신스케와의. 그러나 그것은 이미 조금 깨진 듯했다.

난실이가 다시 사라졌다는 사실을 확인한 후, 나는 곧장 집으로 돌아왔다. 그리고 다음날 오후까지 죽은 듯 잠을 잤다.

깨어났을 때, 내 방 작은 창으로 들어오던 여름 오후의 맑고 진한 햇살…… 다다미방 바닥에 선물상자처럼 앙증맞게 들어앉던 그 햇살을 바라보며 나는 중얼거렸다…… 비켜, 지겨워…… 모든 게 지겨웠다. 일어나는 것도 지겹고, 씻는 것도 지겹고, 걷는 것도 지겹고, 불안한 것도 지겹고, 화내는 것도 지겹고, 다

지겨워, 햇살도 지겨워, 방바닥도 지겨워, 너도 지겨워……

뭐라도 먹기 위해 집을 나섰다. 밖은 더웠다. 제일 먼저 눈에 들어오는 식당으로 들어가야지 생각했다. 그러나 한 집, 두 집, 그냥 지나치고, 난 계속 걸었다. 그러다 문득 깨달았다.

외롭다는 것을. 그날의 외로움. 그것은 마치 날씨가 어떤지 모르고 그냥 나왔는데, 나와보니 은근히 추워, 걸칠 것 하나만 딱 있다면 정말 소원이 없을 것 같은 그런 소박한 간절함이었다.

유키코에게 전화를 걸었다. 늙은 일본인 하녀가 전화를 받았다.

모르겠다. 왜 그랬을까. 어려운 시절의 공범의식에서였을까.

우리는 작열하는 태양 아래 본정에서 만났다. 유키코는 챙이 무지 넓은, 일장기보다 동그랗고 새빨간 모자를 쓰고 나왔다. 모자 테두리의 가느다란 녹색 리본은 그것이 태양이 아니라 모자가 맞다, 고 말하고 있었지만, 어째 설득력이 없어 보였다.

"모자가 좋은데요. 이태리에서 왔나요?"

유키코는 당연하다는 듯 대답했다.

"그렇지요. 바보 같은 모자예요. 그늘이 하도 넓어서 머리에 나무 한 그루를 이고 다니는 것 같습니다. 그런데, 참. 항상 궁금했는데. 모자 안 좋아하세요? 모자 안 쓰고 다니는 조선 남자는 해명씨밖에 못 본 것 같아요. 옛날부터 조선 남자들은 다 모자를 썼잖아요. 어떤 양인이 조선에 처음 와 거리 풍경을 보고는 놀랐다지 않습니까. 조선은 모자의 나라라고. 갓을 보고 한 소리래요."

"저는 모자를 안 씁니다. 머리 위에서 날 내려보는 것 같아 싫습니다."

"그럴듯하네요."

유키코는 쳐다보지도 않고 대답했다.

"저희 집에도 갓이 있어요. 남편이 사왔죠. 그이는 한복도 여러 벌 있답니다."

유키코가 먼저 남편 얘기를 꺼내는 건 처음이었다.

"시마 국장님은 신사죠. 아마 총독부에서 일본인, 조선인 통틀어 제일 인상이 좋을 겁니다. 맞아, 신스케한테 들었는데 시마 국장님이 『창조와 폐허』의 독자투고란에 조선어로 시를 써보냈다는 게 진짜입니까?"

"그이는 대학 때 이미 『문예전선』으로 등단한 청년문사였어요. 모르셨나요?"

"대단한데요. 외국어로 시를 쓴다는 게 쉬운 일은 아니잖아요?"

"그이가 조선어를 정말로 좋아한다는 걸 모르셨나요? 자신을 무슨 제2의 야나기 무네요시쯤으로 착각하고 있는 사람이에요."

"훌륭한 분입니다. 전 늘 총독부에는 왜 이렇게 멍청한 인간들만 모여 있나 궁금했는데 그게 다 조선 독립을 도우려는 시마 인사국장님의 고도의 전략이었군요."

"아마도 그럴 거예요."

"그런데 어째서 당신은 그렇게 멋있는 남편을 미워하십니까?"

유키코는 고개를 돌려 내 두 눈을 똑바로 보며 말했다.

"당신은 어째서 내 남편이 멋있다고 생각하십니까?"

나는 당황했다.

"네에. 보기 드문 일본 관리죠. 나름대로 시대의 비극과 모순 앞에 괴로워하는 지식인으로서의 기본적 제스처는 갖추려 하잖아요. 그리고 비록 선전용 시이긴 하지만 그래도 시를 읽어주는 남편, 그거 멋있지 않나요?"

"그렇다면 나 대신 시마 국장이랑 살아보시겠어요?"

난 더욱 당황했다. 유키코는 정색을 하고 진심으로 묻고 있었다. 나는 재빨리 대답했다.

"아뇨."

"왜요?"

"왜냐하면…… 전 사실 연애시를 좋아하거든요."

난 수줍어하며 말했다. 유키코는 저쪽 어딘가에 시선을 둔 채 조용히 말했다.

"누구나 다 사실은 연애시를 좋아하죠. 다른 시들도 있으면 좋긴 하지만 없어도 그만이지요. 편지나 일기장에 오랫동안 간직할 수 있는 건 아무래도 연애시밖에 없으니까요."

나는 분위기를 띄우기 위해 큰 소리로 농담을 던졌다.

"역시 '연애의 대가' 다운 말씀이군요. 그러고 보니, 유키코는 글로 쓰지는 않지만 온몸으로 직접 연애시를 쓰고 다니니, 그야

말로 현실 참여 시인이군요. 카프야, 카프, 유키코는 사랑의 카
프. 하. 하. 하……"

똑똑하다고 소문난 내가 왜 가끔 그런 실수를 저지르는 걸까.
불륜의 여왕이긴 해도, 언제나 자존심을 잃지 않는 아름다운 귀
부인에게 무슨 문신쟁이도 아니고, 몸에 사랑을 새기니 어쩌니
떠들다니. 말을 채 끝맺기도 전에 난 내가 실수했음을 깨달았다.
실수는 생각보다 심각한 것 같았다. 유키코는 칼에 손을 베인
사람처럼 눈썹을 치켜세운 채 하얗게 떨고 있었다. 칼이 꽤 깊
이 들어간 모양이었다.

"맞아요. 저는 온몸으로 시를 쓰죠. 그래서 문제죠. 제 시는
영원히 남지 못하니까요. 하지만 제 시는 그 누구의 시보다 뜨
겁답니다."

나는 입을 꾹 다물고 걸었다. 유키코는 정말 마음을 다쳤고,
나는 정말 미안했다. 유키코를 쳐다볼 용기가 나지 않았다. 그래
서, 나는 유키코의 뾰족한 구두코만을 내려다보며 걸었다. 붉은
벨벳 구두는 놀랄 정도로 뾰족했다. 갑자기 그 안에서 온몸을
꼬고 있을 유키코의 발가락들이 걱정됐다. 발가락들이 너무 불
쌍했다. 그리고, 유키코도……

조선어를 사랑해서 조선어로 식민통치 서시를 쓰고, 조선 여
인을 사랑해서 일본 부인을 버리려는 시마 국장의 모순. 이 거
대한 모순 앞에 자신이 할 수 있는 유일한 부정행위인 맞바람으
로 맞서고 있는 유키코. 신스케고 시마 국장이고 모두 자신들의

떳떳한 양심의 만족을 위해서만 애쓰고 있었다. 예민한 감성의 착한 두 남자에게는 첫째도 양심, 둘째도 양심, 셋째부터 열째까지 모두 양심이었던 것이다. 그 고귀하고 고매하신 양심에 맞설 수 있는 게 무엇이겠는가. 바로, 부도덕과 비양심과 뻔뻔함. 유키코는 무수한 오해와 비난 속에서 그 부실한 무기들을 가지고 혼자 고독하게, 온몸으로, 온 발가락들을 비틀며 최선을 다해 싸우고 있었던 것이다. 나는 유키코를 돕고 싶었다.

　우리는 그날 본정 뒷골목의 허름한 여관에서 사랑을 나누었다. 나는 부끄럽지 않았다.

　세시 삼십오분. 박가송과 헤어졌다. 어디에서 조난실을 찾을 수 있을까. 찾을 수 있기는 한 건가. 그런데 왜 찾아야 하지? 그 순간, 내가 찾아야 할 것은 조난실이 아니었다.

15. 전기의 영혼

"방송국에 좀 일이 있어서…… 내일 취임식을 보러 오시는 큰 아버지 마중 나간다고 거짓말 치고 나왔어."

신스케는 변함없는 미소를 짓고 있었다. 하지만 왠지 쓸쓸해 보이는 얼굴에 사진 속의 옛날 사람 같다는 생각이 들었다. 나도 따라 웃어주었는데, 나 또한 그 사진 속에 같이 있는 느낌이었다. 우리가 어쩌다 이렇게 옛날 사람이 된 것일까.

우리는 예전처럼 다정하게 걷기 시작했다. 자연스러웠다. 신스케는 내가 유키코와 잔 것에 대해 별로 화난 것 같지 않았다. 하지만 난 진짜 그런 거냐고 물어볼 수 없었다. 신스케는 변함없는 모습을 애써 보여줌으로써 그 질문을 사전에 막고 있었던 것이다.

경성방송국이 있는 정동으로 가는 길, 신스케는 시종일관 즐거워서 죽겠다는 얼굴로 떠들어댔다.

"정말 좋은 아이디어 아냐? 일본에 있는 가족에게 사연을 전하는 시간인데, 총독 취임 축하 방송으로 일본 전역에 중계를 한대. 담당부장이 내 선배니까 분명히 내 것은 틀어줄 거야."

또 도졌군. 첫눈에 난 신스케가 그 대책없는 우울증으로 다시 막 들어서려는 참이라는 걸 알아챘다. 터무니없이 명랑해져서는 춤을 추듯 걷는, 경성에서 제일 잘생긴 청년 신스케를 보니 마음이 무거워졌다. 특히 신스케가 좋아라 떠들고 있는 얘기를 듣자니 한층 더 우울해져서 급기야 둘이 손을 잡고 극동민족소년 척후대 단가를 불러야 할 판국이었다.

"집사람이 좋아할지 모르겠어."

신스케는 수줍어서 어쩔 줄 몰라하며 웅얼거렸다.

경성에서의 화려한 불륜의 나날을 보내는 동안 신스케는 부인에게 편지 한 통도 제대로 안 썼었다. 물론 매주 한 통씩 보내기는 했지만, 그것들은 전표 딱지만큼이나 사무적이고 딱딱한 글들이었다. 물론, 부인을 사랑하지 않아서가 아니었다. 언제나 그렇듯 신스케의 그 알량한 죄책감 때문이었다. 부인 얼굴만 떠올려도 마음이 아픈 신스케가 부인 이름을 읊어가며 편지를 쓰려니 어디 제대로 썼겠는가. 그랬던 그가 갑자기 무슨 마음인지 '총독 취임 특별 방송―현해탄을 넘는 사랑의 전파'를 통해 전국적으로 자신의 사랑의 메시지를 퍼뜨리겠다니.

"신스케, 왜 부인을 경성에 안 부르는 거예요?"

난 평소에 물어볼 만도 한데 하지 못했던 평범한 질문을 지나가듯 던졌다. 그러나 그 질문은 신스케를 그냥 지나가지 않았다. 신스케는 화살이라도 맞은 듯 괴로운 얼굴이 되었다.

"경성에는 오지 않겠대. 절대로…… 자기는 경성에 오지 않아도 경성을 잘 안대……"

난 내가 신스케의 상처를 정통으로 찔렀음을 깨달았다. 신스케의 부인은 신스케의 잘못을 모두 알고는 자신만의 방법으로 벌하고 있는 것이었다. 가장 잔인한 방법, 용서할 기회도 주지 않는 방법으로.

신스케가 선배를 만나 부탁하는 사이, 난 복도 응접실에 앉아 기다렸다. 신스케는 꽤 붙임성 있게 굴며 열심히 졸라댔다. 선배는 총독 취임식 프로그램이 적힌 팜플렛을 들고는 건성으로 계속 '알았다'고만 대답했다.

여섯시. 8월의 태양은 아직 그대로, 오늘만은 절대 사라지지 않을 것 같은 기세로 머리 위에 버티고 있었다.

방송국에서 나온 신스케와 난 전차를 탔다. 사람들은 많지 않았지만, 전차 안은 몹시 더웠다. 신스케와 난 나란히 붙어앉았다.

전차가 달리는 동안, 우리는 아무 말도 하지 않았다. 다른 승객들도 모두 조용했다. 딸딸딸 핸들 돌아가는 소리와, 차장이 운전사에게 떠나도 좋다고 신호하는 땡땡땡 종소리, 운전사도 가끔 밟아대는 발 밑의 땡땡땡 종소리, 갈라진 나무 바닥이 삐걱삐걱거리는 소리. 이 모든 소리들이 작은 전차 안에서 규칙적으로 돌아가며 때를 맞춰 울렸다. 전차가 커다란 시계 같다는 생각이 들었다.

신스케가 입을 열었다.

"유키코를 만나봐. 고맙다고 해야지."

"……"

"지금쯤 조선호텔에 있을 거야. 아까 통화했었거든. 아, 맞아. 그리고 나 대신 이것 좀 전해줄래?"

아기 손만한 화장분 함이었다. 자기로 만든 뚜껑에는 금발 소녀의 초상이 아름답게 그려져 있었다.

"저번에 내 방에다 놔두고 갔어. 그게 있으면 향기가 너무 진해서 잠을 잘 수가 없어."

난 유키코 얘기를 먼저 꺼내준 신스케가 고마웠다. 그리고, 미안했다. 어쩌면 신스케는 내가 생각하는 만큼 상처받지 않았을 수도 있지만, 또 그 반대일 수도 있었다. 어찌됐건 중요한 건 내가 비록 그때 부끄러움 없이 유키코와의 일을 행했다 해도, 난 용서를 구해야만 한다는 것이다. 지금은 그다지 필요없다고 생각될지 모르나, 언젠가 분명히 난 후회할 것이고, 그때는 아마도 늦을 것이다. 그 말인즉, 나는 지금 당장 용서를 필요로 한다는 얘기다.

"신스케…… 날 용서해줄 수 있겠어요?"

신스케는 말이 없었다. 난 갑자기 긴장이 됐다. 신스케가 내 사과를 받아주지 않을 거라고는 생각하지 않았기 때문이다. 난 내가 좀전에 신스케에게 혹시 프러포즈라도 한 건 아닌가 착각할 정도로 잔뜩 긴장하며 기다렸다.

"내게 그럴 자격이 있을까?"

신스케가 힘없이 웃으며 나를 바라보았다. 갑자기 화가 났다.

"왜 그럴 자격이 없어요? 당장 나를 여기서 두들겨펠 자격도 있다고요. 신스케한테는."

"정말 그래도 될까?"

"그럼요. 내가 신스케 마음에 상처를 입혔잖아요. 신스케를 배신했잖아요. 우리의 우정을 갉아먹은 쥐새끼예요, 난!…… 자격이 없는 건 나예요. 용서를 받더라도 아주 힘들게 받아야 해요. 하지만…… 결국 절 용서해주지 않을 거예요, 그죠?"

신스케가 음흉하게 웃으며 말했다.

"내일 방송을 들어봐. 자기 얘기도 썼으니까. 들으면 알게 될걸?"

"왓! 그럼 방송이 나가도록 기도해야겠군요!"

"아직 어떤 내용인지는 말 안 했어."

우리는 갑자기 신이 나서 내일 있을 라디오 방송에 대해서 떠들어대기 시작했다. 그러다 퍼뜩 지금 경성의 어느 지하실에서 준비중일 또다른 총독 취임 특별 행사를 떠올려내고는 난 총이라도 맞은 것처럼 축 늘어졌다.

"신스케, 전 실패자예요. 완벽한 실패자. 저한테 왜 이런 시련이 닥친 걸까요? 제가 지금 여긴 왜 있는지도 모르겠어요. 내가 누구인지도 모르겠어요. 제가 지금 옷이나 입고 있나요?"

신스케는 제법 심각한 얼굴로 고개를 끄덕였다.

"원래 전차를 타면 우울해져. 나도 그래."

"……"

"난 말이야, 전차에서 창 밖을 보면 이상하게 여자들이 떠올라. 이름도 잊어버린 여자들까지 다. 그러면 난, 창피해져. 기억들이 떠올라서. 정말 나 자신을 미워할 수밖에 없는 기억들이 말이야."

신스케 뒤로 거리의 풍경들이 바람에 넘어가는 책장처럼 하나씩 천천히 사라져갔다.

"왠지 이해할 수 있을 것 같기도 해요. 저도 가끔 길 가기가 무서울 때가 있어요. 추억들이 생각나서요. 우리는 왜 이렇게 갑갑하게 살 수밖에 없는 걸까요? 왜 우리는 거리와 전차에서 여자를 떠올려야만 하는 삶을 사는 걸까요?"

신스케가 하얗게 빛나는 얼굴로 나를 바라보았다.

"그러게 말야. 하지만 이젠 어쩔 수 없는 것 같아. 우리가 이제 와서 여자와 전차 없이 살아갈 수 있을 것 같아?"

나는 즉각 대답했다.

"아뇨."

신스케는 어깨를 살짝 부딪치며 빙긋 웃었다.

"그래도 난 왠지 경성의 전차는 좋아. 여기 경성에, 아니, 서울에 처음 왔을 때 가장 인상 깊었던 게 뭔지 알아? 오래된 전차인데, 전차 가운데 서울 일레트릭이라고 동그란 태극 마크가 새겨져 있는 거야. 서울. 소울? 쏘울? 쏘울 일렉트릭, 재밌지 않아. 슬프게 들리잖아. 전기의 영혼. 이곳에는 전기의 영혼이 있는 거야. 우리의 영혼과 함께……"

16. 댄스홀을 찾아라

빛나는 훈장을 제복 가득 단 일본 관리들과 화려한 기모노의 부인들, 단아한 한복 차림의 조선 여인들과 빛나는 테일코트의 외국 공관 하객들. 신임 총독 취임식 전야 축하 파티가 열리고 있는 조선호텔은 만국기가 날리는 의상 박람회장 같았다. 모자도 쓰지 않은 난 여지없이 입구에서 저지당했다. 그러나 다행히 현관까지 마중 나온 유키코가 나를 구해주었다.

유키코의 얼굴을 보자 가슴이 덜컹 내려앉았다. 얼굴이 이상했기 때문이다. 썩지 않는 우유로 만든 마스크로서, 하얗고, 맑고, 도도하기만 하던 유키코의 얼굴에 부패의 흔적이 보였다. 짙은 화장으로 가리고 있었지만 분명 오른쪽 눈 주위에 푸른 멍자국이 남아 있었다. 나는 얼른 눈을 떼었다. 유키코는 그런 나를 빤히 바라보았다.

유키코는 로비 앞 응접실로 나를 데려갔다. 하얀 등나무 소파에는 젊은 남자가 앉아 있었다.

"친구예요. 이쪽도, 이쪽도."

유키코는 나와 남자를 서로에게 소개시켜주었다. 남자도 파티에 참석한 참이었는지 깃털처럼 검고 우아한 모닝코트를 입고 있었다. 그는 입가에 조용한 미소를 머금고는 무릎 위에 놓인 실크햇을 회색 스웨이드 장갑으로 고양이 쓰다듬듯 살살 만지고 있었다.

"앉으세요."

나는 잠시 망설이다 실크햇 옆에 비집고 앉았다. 일본 부인들이 지나가며 상냥한 눈인사로 유키코에게 알은척을 했다. 유키코도 퍼런 흔적이 남은 눈을 지그시 감으며 대꾸해주었다.

"제가 그랬잖아요. 분명 보통 사람이 아닐 거라고. 탐정질이나 할 사람이 아니에요. 얼굴 보면 알지요."

"얼굴은 못 봤잖아."

난 실크햇과 유키코를 번갈아 보며 물었다.

"백상허를 아십니까?"

"이 친구가 바로 신스케를 대신해서 사진을 제공해준 그 친구예요."

유키코와, 유키코의 정부 두 명이 함께 앉은 소파는 역시 비좁았다. 나는 겨우 엉덩이를 끄집어내며 고쳐 앉았다.

"백상허씨 말이죠. 총독부에 정원사로 위장취업했다 오늘 아침 적발돼서 곧장 서대문 형무소 보안과로 끌려갔어요."

어제 저녁, 나에게 행운을 빌어주던, 파나마 모자를 깊이 눌러
쓴 얼굴 없는 사나이.

"단독범행으로 총독을 암살하려고 했대요. 그것도 뭘 가지고
하려고 했는지 알아요? 삼지창. 치명적인 독극물이 묻은 삼지창
으로요. 총독은 독일 소시지가 될 뻔했지요."

유키코는 웃지도 않고 심각하게 독일 소시지라고 말했다.

실크햇은 실크햇을 손으로 톡톡— 치며 점잖게 중얼거렸다.

"지금 각 경찰서 취조실과 형무소 보안과가 만원이라는군요."

"그래서 백상허 선생님은 어떻게 됐습니까?"

"도망갔어요."

유키코가 갑자기 밝은 웃음을 지으며 말했다.

"형무소 바로 앞에서 극적으로 도망쳤어요. 호송차 안에서 갑
자기 복통을 일으키며 그 자리에서 큰일을 봤대요. 잠깐 내려준
사이 달아났어요. 역시 대단하죠?"

백상허. 어떤 숭고한 신념과 대의가 그로 하여금 복통까지 일
으키게 한 것일까.

"맞아. 신스케가 그러는데 제가 무슨 도울 일이 있을 것 같다
고 하던데요? 여자를 찾는다고요?"

여섯시 오십분.

다 늦었다는 생각이 들었다. 어제 저녁 조난실을 찾아나설 때
의 그 열기와 분노는 그새 8월의 태양에 다 녹아버린 것 같았다.
마치 지겹고 지루한 꿈을 꾸고 있는 것처럼 난, 난실이가 어떻

게 되든, 이 꿈의 결말이 어떻게 되든 무시한 채 그냥 잠에서 시원하게 깨어나고 싶었다.

"여자를 찾으신다고요? 무슨 사연이 있겠군요."

실크햇이 하도 궁금해하기에 난 내 비참한 연애담을 간략하게 요약해주었다.

"그러니까 당신의 목적은 테러를 막자는 것입니까? 그 여자가 떠나기 전, 마지막으로 얼굴이라도 한번 보겠다는 겁니까?"

나도 그게 궁금하던 참이었다.

"저도 잘 모르겠습니다. 다만 확실한 건…… 그 여자한테 나를 보여주고 싶다는 것입니다. 그녀는 물론 보고 싶지 않겠지만…… 난실이는 나를 꼭 봐야만 합니다."

"여자란 두 가지 종류가 있는데, 과거로부터 도망가기 바쁜 여자와 과거에 파묻혀 사는 여자. 도망가기로 마음먹은 여자는 정말 잡기가 힘듭니다. 이렇게 앉아 있을 때가 아니지 않습니까? 실례가 안 된다면 제가 그 여자 찾는 걸 도와드리고 싶은데요."

"당신이 왜 그런 수고를 하시려고 합니까?"

실크햇은 모자를 쓰며 대답했다.

"오늘밤 기념 행사들은 많습니다만 하나같이 시원치 않군요. 가장 의미 있는 일은 당신의 그것 같습니다. 기념 행사라 함은 적어도 미래를 위한 축제라야 하지 않겠습니까?"

이리하여 실크햇과 유키코와 나, 우리는 모험을 나섰다. 일곱 시 이십일분.

조난실이 나와 헤어지겠다고 한 후, 그 문제로 한참 실랑이를 벌이던 무렵, 답답한 마음에 나는 백상허를 찾아갔었다. 그러나 너무 늦어서인지 대우창고회사 이층 그의 사무실은 잠겨 있었다.

건물에서 나올 때였다. 뒤쪽에서 무슨 소리가 났다. 관처럼 매끈한 나무상자들이 밤하늘을 보고 누워 있는 어두운 뒷마당에 인력거 한 대가 서 있었다. 포장이 내려져 있어 누가 탔는지는 알 수 없었다. 자세히 보기 위해 한 걸음 나서는 순간 뒤쪽에서 인력거꾼이 나타났다. 하얀 머릿수건에 합피를 입은 인력거꾼은 채를 매더니 순식간에 뒷문을 통해 빠져나갔다. 나는 곧장 가장 먼저 눈에 띄는 인력거를 잡아타고 그 뒤를 밟았다.

다행히도 나를 태운 인력거꾼은 팽팽한 젊은이였다. 하지만 앞의 인력거를 따라잡아 무사히 목적지에 도착했을 때 그의 퍼런 힘줄이 돋은 종아리는 막 터지기 일보직전이었다. 난 팁을 챙겨준 후 급히 내렸다. 확실치는 않지만 무악재 서대문 형무소 근처의 허름한 한옥 골목 같았다. 난 벽에 착 달라붙어 인력거가 숨어 있는 막다른 골목 쪽으로 조심조심 발을 옮겼다.

"여자 뒤꽁무니만 따라다니는 줄 알았더니 별짓 다 하는군."

어두운 골목에서 검은 그림자가 걸어나오며 말했다. 내 앞에 선 검은 그림자는 머리에 쓴 하얀 머릿수건을 풀었다. 백상허였다.

뭐라고 입을 열 수 없었다. 백상허는 평범한 중년 남자의 얼굴이었다. 그러나, 그 눈빛은, 짐승의 그것처럼 하얀 광채를 내는 그 빛은, 어느 전등보다 투명하고, 날카롭고, 아름다웠다. 그런 눈은 처음 보았다. 난 압도되었다. 조금 더 솔직해지자면, 난 그만 반해버렸던 것이다. 물론, 그 눈빛에만.

백상허는 멍하니 서 있는 나를 무시한 채 서둘러 일을 하기 시작했다. 인력거 안에는 아무도 타고 있지 않았다. 보자기로 싼 나무상자가 들어 있을 뿐이었다. 그는 고개를 들어 하늘을 보았다. 밤하늘의 어둠을 커다란 감나무가 무수한 가지로 가려주고 있었다. 그는 그 아래에 수직으로 삽을 꽂았다.

"방법은 두 가지밖에 없네. 나를 도와주든가 아니면 이것들과 같이 묻히든가."

"다른 방법은 없습니까? 제가 인력거를 지키고 있으면 어떨까요?"

그는 삽으로 구멍을 파기 시작했다. 최대한 돕는 척이라도 하기 위해 나도 재빨리 엎드려 흙을 한 곳으로 곱게 쌓기 시작했다. 금세 제법 깊은 웅덩이가 파졌다. 백상허가 나에게 인력거에 가서 나무상자를 가져오라고 시켰다. 나는 나무상자를 꺼내면서 몰래 슬쩍 뚜껑을 열고는 손을 집어넣어보았다. 돈다발 같은 것과 그의 그 너절한 옷가지 같은 것이 잡혔다. 백상허는 관을 묻듯 조심스럽게 그것을 땅속에 집어넣었다. 그리고는 인력거꾼의 복장도 벗어 그 위에 덮었다.

나는 모르는 척 물었다.

"이게 뭔지 알려주실 수 없습니까?"

백상허는 대답하지 않았다. 그래서 난 결론을 지었다.

"아, 현명한 개는 내일의 행복을 위해 뼈다귀를 묻으니까요."

백상허는 당연히 웃지 않았다. 나도 별로 웃기지 않았다. 그래서 우리는 조용히 다시 일을 시작했다. 흙을 다 덮고 나니 구덩이는 평평해졌다. 워낙 캄캄해서 그전의 모습과 똑같은지 어떤지는 알 길이 없었다. 나는 손의 흙을 일부러 요란하게 털어내며 말했다.

"이제 집에 가봐도 되겠습니까?"

인력거를 감나무가 있던 폐가 속에 숨겼기 때문에 우리는 걸어서 돌아가야 했다. 백상허와 난 터벅터벅 끝도 없이 이어진 골목길을 걸었다. 우리가 지나갈 때마다 개들이 짖어댔다.

"사람들은 그런 재수없는 여자는 그만 잊고 좋은 여자 만나 잘살면 그게 최고의 복수라고 말합니다. 하지만 전 이해할 수가 없어요. 그게 무슨 복수입니까, 예? 복수란 적어도 칼로 한 번 찌르고 열 걸음은 도망가야 복수 아닙니까? 어떻게 지금 잘사는 것이, 앞으로 잘사는 것이, 복수가 될 수 있습니까? 내가 받은 상처는 과거의 것인데 과거는 그만 잊어버리라니, 정말 답답해서 미치겠습니다. 선생님, 제가 어떻게 하면 좋을까요?"

백상허는 대답했다.

"복수해."

"네?"

"과거에 복수해. 과거에 대한 복수라도 그 기쁨은 현재의 것이니까."

백상허는 숨도 쉬지 않고 대답했다.

"저도 그러고 싶어요. 복수하고 싶어 죽겠어요. 조난실을 짓밟고 또 짓밟아서, 아주 아프고, 괴롭게, 내가 느낀 만큼 똑같이 느끼게 해주고 싶어요. 그러면, 지금 당장 죽어도 여한이 없을 것 같아요. 하지만, 하지만, 제가 어떻게 그럴 수 있겠어요? 그리고, 제가 그렇게 해봤자 그 여자가, 그 대단한 여자가, 저와 같은 아픔을 느낄까요? 아무 소용 없어요. 제가 아무리 발버둥 쳐봤자, 그녀 앞에서 미친놈처럼 나뒹굴어봤자, 최선을 다해서 쫓아다니며 괴롭혀봤자, 그게 다 제게 무슨 소용이 있겠어요?"

백상허는 여전히 숨도 쉬지 않고서 대답했다.

"기쁨. 기쁨을 느낄 수 있지."

"그 친구는 경성 시내 모르는 게 없는 친구입니다."

대경성신도시계획회의의 일등서기인 나보다 경성에 대하여 잘 아는 사람은 바로 신정 유곽 근처 '신속로'라는 인력거 회사의 사장이었다. 한옥을 개조한 회사의 앞마당에는 대여섯 대의 인력거들이 강아지처럼 웅크리고 자고 있었다.

"요즘 제일 인기 있는 '바—제이에이'가 수상하다는데요. 그저께 확실히 거기서 댄스구락부모임이 있었답니다. 여기 인력거꾼 두 명이 손님을 태웠대요."

뜨거운 여름밤 바람을 맞으며 나는 서서히 어젯밤의 그 발열 상태로 돌아가고 있었다. '댄스'라는 말에 온몸이 떨렸다.

"어떻게 하죠? 여기서 인력거를 타고 갈까요?"

난 마음이 급해져서 물었다. 유키코는 손등으로 이마의 땀을 닦아내며 말했다. 이제 보니 유키코는 오늘 모자를 쓰고 있지 않았다.

"당연한 소리 아닌가요?"

우리는 각자 인력거에 올라탔다. 인력거는 달리기 시작했다. 난 '신속로'의 사무실 벽에 걸려 있던 사훈이 적힌 액자를 떠올렸다.

'발로 뛰는 우리가 동양 최고 최초 바퀴'

"저기 저 아저씨들 좀 보세요. 옷만 바꿔 입으면 뭐 해. 얼굴이 딱 형산데. 요 며칠은 틀린 것 같아."

바―제이에이, 성조기처럼 파란 줄무늬 원피스를 입은 요염한 마담은 커다란 중국 부채를 휘휘― 날리면서 바에 앉아 있는 형사들을 흘겨봤다.

"안 그래도 오늘은 너무 더워서 아무것도 못 하겠네."

마담은 중국 부채를 가슴 계곡에 꽂고는 축음기 쪽으로 갔다. 파란 줄무늬가 그녀의 허리와 엉덩이 곡선을 열심히 쫓아갔다.

"그럼 오늘은 어디에서 열릴 것 같습니까?"

난 축축하게 젖은 목덜미를 닦으며 조급하게 물었다. 실크햇과 유키코는 어느새 바에 기대어 맥주 한 잔씩을 들이켜고 있었다.

마담은 젖은 지폐를 들듯 조심스럽게 바늘을 들어 판을 뒤집고는 심드렁하게 대답했다.

"확실히는 모르겠는데, 오늘밤에야 워낙 파티가 많으니까…… 광교 태극헌으로 가봐요."

머리를 양 갈래로 땋은 소녀가 녹색 당구대에 엉덩이를 걸치고 앉아 큐대 끝을 입으로 후후 불고 있었다. 마치 방금 사냥감을 명중시킨 초원 위의 사냥꾼처럼. 일본의 여성 당구 챔피언 미야코였다. 원래 조선인들만 이용하는 태극헌이지만 오늘은 미야코의 시범경기를 보러 온 일본인들로 가득했다.

"유키코?"

미야코는 밧줄 같은 땋은 머리를 힘차게 흔들며 우리 쪽으로 왔다.

"유키코가 웬일이에요?"

으레 당구장에서는 친구를 만나게 돼 있는 법.

유키코와 미야코는 아는 사이였다. 유키코는 대충 인사를 마친 후, 우리 셋이 왜 이곳에 오게 됐는지를 설명했다. 미야코는 게임 기록을 담당하는 당구장 여직원에게로 가 귓속말로 뭐라 속닥거렸다. 동양극장 남자 배우들의 내기 당구를 맡고 있던 야한 화장의 당구장 여자는 고개를 까닥거리며 우리를 위아래로 훑어보았다. 다시 우리에게로 온 미야코는 신이 나서 얘기했다.

"오늘 일본모던사교댄스대회 우승자 교코와 중국 우승자인 나나가 경성에 왔대요. 다들 거기 모일 거래요."

"거기가 어디예요?"

미야코가 활짝 웃으며 대답했다.

"종로래요. 조선 사람들은 원래 중요한 날이면 다 종로로 모이잖아요?!"

당구장의 벽시계는 아홉시 십칠분을 가리키고 있었다.

유키코와 나, 실크햇과 미야코, 그리고 야한 화장의 당구장 여직원. 우리는 종로로 향했다.

종로는 여느 때보다 더 많은 사람들로 넘쳐나고 있었다. 오늘 세상의 약속이란 약속은 죄다 종로에서 있는 모양이었다.

"빨리 가요. 늦는 건 싫어!"

미야코는 소풍 가는 아이처럼 신이 나서 우리들을 잡아끌었다. 큐대를 잡은 이후 한 번도 일등을 놓친 적이 없다는 이 소녀 챔피언의 대단한 팔 힘에 이끌려 우리 넷은 속수무책의 하얀 당구공들이 되어 그녀를 따라 굴렀다.

서관을 짓는다고 한창 복작거리고 있는 화신백화점 뒤, 도저히 지도로 옮길 수 없는 골목들의 미로 속으로 우리는 뛰어들었다. 뜨거운 여름밤, 국밥집, 우동 구루마, 빈대떡 가게, 꼬치구이 포장마차, 지저분한 작은 술집의 여급들, 가래를 뱉으며 수다를 떨고 있는 요진보들, 창녀, 드러누운 거지들, 형사들……

벽돌 사이사이마다 상추처럼 싱싱한 이끼가 돋기 시작한 적색

벽돌 건물들을 지나, 모든 문틈에서 구수한 된장 냄새가 풍겨나오는 조선인 점포 골목을 지나, 요금 막 양식 건물들이 완성되기 시작한 삼거리까지 온 후, 종로 최초의 콘크리트 건물인 '흙빌딩'을 우측으로 해서 돌았다. 돌아서서 몇 걸음 걷자 낡은 일식 건물들이 음지의 버섯들처럼 옹기종기 모여 있는 작은 골목이 나왔다. 그 골목 끝에 새로 지은 사층짜리 콘크리트 빌딩 '문화구락부'가 있었다.

우리는 쭈르르 서서 그 빌딩을 올려다보았다. 정확히 도열하고 있는 네모난 창들은 어떠한 빛도 내보내고 있지 않았다. 그 검은 창들은 해골의 눈처럼 깊고, 어둡고, 그 끝을 알 수 없었다.

17. 문화구락부

밤의 총독, 동북아 제일의 댄스 여왕을 기다리는 사람들은 모두 즐거운 얼굴이었다.

미뉴에트에 맞추어 가볍게 왈츠를 추는 하얀 옷의 남녀들. 그들은 모두 똑같이 고개를 기울이고, 똑같이 발뒤꿈치를 들며, 똑같이 미소를 지었다. 그 똑같은 고개와 발뒤꿈치와 미소 중에 조난실은 없었다. 여기도 아니구나. 열시 십분. 또다시 헤매고 다닐 생각을 하니 눈앞이 막막했다.

우리는 우선 홀 안이 제일 잘 들여다보이는 중앙의 마작 패거리 테이블 옆에 가 앉았다. 내가 완전 기가 죽어 있자 아무도 춤출 생각을 안 했다. 실크햇은 그저 마작판이나 구경하고 있고, 미야코는 아는 사람들을 찾아보기 위해 테이블들을 돌아다니고, 유키코는 턱을 쓰다듬으며 춤추는 사람들이나 쳐다보고, 당구장 여직원은 그 가면 같은 얼굴을 빤히 들고 바로 앞에 앉은 나를 뚫어져라 바라보고 있었다. 여자는 아무래도 아편쟁이 같았다. 난 당구장 여직원을 향해 입이 찢어져라 하품을 했다. 여자는 눈도 꿈쩍 안 했다. 짜증이 났다. 피곤하고 지겨웠다. 어디에 있는지도 모르는 난실이를 찾겠다고 잘 알지도 못하는 저 여자를 따라 여기까지 오다니. 내 자신이 한심한 건 둘째치고, 유키코에게 미안했다. 아직 정식으로 고맙다는 말도 못 했다는 걸 깨닫자 난 더욱 미안해졌다.

"유키코, 고마웠어요."

유키코는 마작패 테이블에 시선을 고정한 채 당연한 듯 대답했다.

"괜찮아요. 서로 돕고 사는 거죠."

"무척 곤란하죠? 시마 국장님도 난처하시겠죠. 주위 사람들이……"

"별로 창피해하지 않아요. 오히려 좋아하죠. 해명씨가 그의 이혼에 결정적인 증빙 서류가 됐으니까요."

유키코의 퍼런 눈이 번쩍거렸다. 무서웠다.

"그렇다고 저한테 미안해할 거 없어요. 해명씨는 저한테도 결정적인 증거물이니까요."

유키코한테 뭐라도 돼줬다니 안심이 되긴 했다. 하지만 내가 어떤 증거물이 돼주었단 말이지?

"남편에 대한 저의 배신 행위의 명백한 증거물이죠. 하지만, 해명씨 가지고는 왠지 부실한 거 같아서 앞으로도 계속 모을 생각입니다. 아직까지는 그럴 여유가 있지요."

유키코는 당당하게 말했다. 아직 그녀의 매력은 살아 있었다.

"왜 아무도 춤추지 않죠?"

이게 누구 목소리인가 싶어 난 반쯤 엉덩이를 들고 일어나 주위를 둘러보았다. 아무도 없었다. 난 다시 앉았다. 당구장 여자가 나를 보고 있었다. 역시 눈도 끔벅이지 않고. 나는 술을 시키는 척하며 재빨리 외면했다.

그러나, 우아한 귀부인 유키코가 매너 좋게 대꾸해주었다.

"저도 춤은 잘 못 춥니다. 동경에서도 댄스홀에는 별로 가본 적이 없거든요. 동경의 그 유명한 하바나홀도 여기만큼 이렇게 열정적이지 않죠. 하여튼 대단하군요, 여기. 자주 오시나 보죠? 잘 알고 계신 거 같더군요."

유키코가 친절히 말동무를 해주는 동안 난 조난실 비슷한 여자라도 찾기 위해 지친 눈에 힘을 주고 열심히 홀을 둘러보았다. 여자는 그 쇳소리 나는 경박한 목소리로 여전히 눈도 깜박이지 않은 채 시끄럽게 종알거렸다.

"아니에요, 상해에 있을 때는 자주 갔었는데 여기 경성은 순 지하실에서만 해가지고 재미가 없어요."

"아― 상해에서 오셨군요."

"네, 터키탕 하는 중국 할아버지한테 시집갔다 작년에 할아버지 죽고 다시 왔죠. 할아버지하고도 몇 번 간 적 있는데, 댄스홀은 역시 프랑스 조계에 있는 게 최고예요. 양놈들이 하도 겨드

랑이 냄새를 피워대서 골치가 아프긴 했지만, 그래도 분위기가
멋졌어요. 조명이 얼마나 끝내줬는데. 그만 화재가 나가지
고……"

"상해에서 오셨다고요?"

난 벌떡 일어나며 끼어들었다.

"그럼, 작년 겨울 프랑스 조계에서 있은 공부국 폭파사건을
아십니까?"

여자는 놀랐는지 처음으로 눈을 끔벅거렸다.

"거기야 매일 폭탄이 터지죠."

"한중 연합테러집단인 대동아방위교수대 GEDH라고, 아주
유명하다던데요?"

"전 모르죠. 그런거야 워낙 많으니까."

역시 예상대로 실망하며 난 자리에 도로 앉았다.

"GEDH요? 그게 제가 아까 말한 프랑스 조계에 있다 화재로
없어진 댄스홀 이름이에요. 제너럴 일렉트릭에서 전등 공사를
했거든요. 그때 한창 마쓰다 램프랑 독일 아에게랑 피 튀기게
경쟁중이었는데 GE가 이겼어요. 그래서 상해 사람들이 우스갯
소리로 제너럴 일렉트릭 댄스홀이라고 불렀죠."

당구장 여자는 입술을 뾰족하게 내밀고 나를 빤히 보았다. 난
고개를 돌렸다. 그때였다.

거울을 보다 놀란 것처럼 난 어깨를 흠칫 떨며 뒤로 물러섰
다. 흔들리는 엉덩이 물결 속에 내 엉덩이가 있었다. 분명 그건

내 것이었다. 동대문 우편자동차습격사건 범인도주 현장에서 발견된 내 감색 슈트와 같은 날 화신상회에서 함께 구입했던, 그러나 이것 역시 몇 번 입어보지도 못했는데, 어느 날부터인가 옷장에서 보이지 않기 시작한, 나의 검은색 양모바지가 수많은 엉덩이들을 밀치면서 저벅저벅 걸어가고 있었다.

나는 일어났다. 술병들이 엎어지는, 테이블이 흔들리는, 사람들이 투덜대는 소리를 뒤로 한 채 나 역시 수많은 엉덩이들을 밀치면서 앞으로 나아갔다. 여자들의 머리카락이 내 얼굴을 때리고, 남자들의 팔꿈치가 내 가슴을 찍어댔다. 음악이 바뀌었다. 불빛이 밝아졌다. 스텝이 빨라졌다. 춤을 추는 그들보다 춤을 추지 않는 내 숨소리가 더 뜨거웠다. 난 남자의 어깨를 잡았다. 그가 뒤돌아보았다. 모르는 얼굴이었다.

"바지가 좋은데요. 어디서 사셨습니까?"

음악 소리 때문에 잘 안 들린다는 듯 남자는 웃으며 자기 귀를 가리켰다.

"바지 참 좋습니다. 그런데 말입니다. 너한테는 하나도 안 어울려, 이놈아! 조난실 어디 있어?"

끼약—

황금빛 빗줄기가 쏟아졌다. 은빛 광선이 번쩍였다. 웨이트리스가 나뒹구는 쟁반을 보며 호들갑을 떠는 사이, 남자는 끈끈한 늪과 같이 좀처럼 길을 터주지 않는 사람들을 힘겹게 헤치며 저쪽으로 가고 있었다. 발 밑에서 글라스가 와드득— 부서졌다.

코끝에 매달린 위스키 빙울을 바라보며 나도 늪 속으로 뛰어들었다.

엄마! 뭐야, 이거! 저리 안 비켜! 악에 바친 악어 두 마리 때문에 홀 안은 금세 난장판이 되었다. 사방 난리를 치며 춤추던 어떤 여자의 검은 숄이 남자의 목을 친친 휘감는 모습이 보였다. 남자는 썩은 고목 뿌리에 걸린 듯 버둥대고 있었다. 난 테이블로 뛰어올라섰다. 사람들이 소리를 지르며 도망갔다. 난 날았다. 내 소중한 바지를 향하여 힘껏 날았다. 난 떨어졌다. 이마에서 피가 났다. 바지는 없고 검은 숄만이 바닥에 떨어져 있었다. 고개를 들었다. 문틈으로 사라지는 남자의 뒤통수가 보였다. 나는 비틀거리며 일어났다. 이번에는 사람들이 순순히 길을 비켜주었다.

긴 복도 중간쯤 남자는 헐떡이며 달리고 있었다. 난 내 생애 최고의 속도로 달렸다. 남자는 내 생애 최고의 속도를 이길 수 없었다.

"왜 도망가? 조난실 어딨냐고!"

난 남자의 흰 와이셔츠를 붙잡았다. 단추가 위에서부터 차례대로 떨어져 바닥에 또르르르 굴렀다. 난 남자의 귀를 물고 끈질기게 늘어졌다. 남자는 비명을 지르며 뒤꿈치로 내 정강이를 까려고 온몸을 들썩거렸다. 우리는 숫자 8을 만들며 바닥에 뒹굴었다.

"이미 다 알고 왔어. 여두목 조난실 지금 어디 있어?"

소리를 지르는데 목덜미가 시원해졌다. 천장에서 물이 떨어지나? 살짝 고개를 들었다. 장정 세 명이 남자와 내가 만든 숫자 8을 한심하다는 표정으로 내려다보고 있었다. 그중 하나는 무릎을 굽히고 앉아 내 목에 시원한 권총을 들이대고 있었다. 귀를 뜯긴 남자가 피를 질질 흘리며 일어났다. 남자는 귀를 잡고 울먹이며 내 배를 힘껏 걷어찼다.

"이 개새끼 뭐야?"

나는 배를 움켜잡고 대답했다.

"바지 구겨져. 조심해."

그러자 다른 바지들이 발길질을 시작했다.

"너 뭐야?"

난 대답했다.

"나는 조선총독부 총독관방 조사과 대경성신도시계획회의 일등서기 이해명이다."

"뭐야? 스파이 아냐? 이게 어떻게 된 거야?"

당황한 바지들이 갑자기 바빠지기 시작했다. 발길질에 놀란 내 창자도 숨느라고 정신이 없었다. 권총을 들었던 남자가 재킷을 벗더니 돌돌 말기 시작했다. 그가 권총과 돌돌 만 재킷을 들고 나에게로 다가왔다. 남자가 내 앞에 멈춰 섰다.

"기다려요."

모두 고개를 돌렸다. 조난실이 나를 보고 웃으며 말했다.

"오빠, 용케 잘 찾아왔군요."

"바쁠 텐데 뭐 하러 여기까지 오셨어요? 하여튼 오빠도 참. 여기 일은 걱정하지 않아도 된다니까요. 오빠 덕분에 척척 진행되고 있어요. 다들 인사하세요. 제가 저번에 얘기했죠. 총독부의 검은 나방. 저희를 뒤에서 도와주고 계신, 저번에 총독부 우편파이프 공사 때 위험을 무릅쓰고 비서 하나코 양 서류를 빼주신 분이요. 그때 얼마나 위험천만이었다고요, 그쵸? 이층 총독집무실 창문에서 일층 소각장으로 뛰어내리다 다리를 다치셨죠. 어디, 이제 다 나은 거 맞아요? 조심하세요. 맞아. 교환수 정양은 잘 있나요? 정양한테도 인사 전해주세요. 그리고 앞으로 사적인 전화는 교환실에서 하지 말고 복도 오른쪽 일반직원용 전화를 사용하라고 하세요. 나 좀 봐. 잊어버릴 뻔했네. 고마웠어요. 저번 동대문사건, 오빠가 아니었더라면 정말 큰일났을 거예요. 그동안 빚진 게 너무 많아서 떠나기 전에 인사는 꼭 드려야 할 텐데 시간은 없고, 그래서 오늘 이리로 오시라고 한 거예요. 오빠제 말대로 며칠간 지방 내려가 계실 거죠? 아마도 그러시는 게 좋을 거예요. 총독부병원 손부장한테도 그렇게 전해놨어요. 아무래도 저번 총독부 직원 신체검사 때 단단히 덜미를 잡힌 거같아요. 다행히 그땐 잘 넘어갔지만 앞으로 다들 조심하는 게 좋을 거예요. 오늘은 호텔에서 주무시고요, 내일 일 끝나는 거봐서 잠시 몸을 숨기세요. 그렇다고 이상하게 행동하시지는 말고요, 평소처럼 하세요. 아셨죠?"

난실이는 멍하니 앉아 있는 내 주위를 빙글빙글 돌며 술술 잘
도 떠들어댔다. 물론 중간중간 윙크해주는 것도 잊지 않으면서.
아까 신나게 나를 걷어찼던 세 남자는 테이블 건너편에 일렬로
서서 고개를 숙이고 있었다.

"오빠 여기도 이젠 위험하니까 어서 가보시는 게 좋을 거예
요."

조난실이 다급하게 눈짓을 보냈다. 나는 멍한 눈짓으로 응했
다. 그때, 아까부터 저쪽에서 저 혼자 건방지게 다리를 꼬고 앉
아 있던 인상 더러운 놈이 입을 열었다.

"도대체 이게 무슨 꼴이야. 일이 안 돼도 작작 안 돼야지. 이
렇게 중요한 때에. 조난실, 어떻게 된 거야?"

난실이는 태연한 표정을 지으려 애썼지만 역부족이었다. 난
난실이가 몰래 한숨 내쉬는 모습을 놓치지 않았다. 사태 파악을
위해 머리를 재빨리 굴렸다. 내 창자를 놀라게 했던 아까 그놈
들이 그러니까, 그 이름도 길고 유명한, 이십세기모던이미지댄
스구락부. 그리고, 지금 그들은 일이 안 돼도 작작 안 되고 있는
상태. 인상 더러운 놈이 다시 입을 열었다.

"이름이 뭐랬지, 형씨?"

"난…… 낭만의 화신이다."

모두의 얼굴에서 표정이 사라졌다.

"어서 돌아가세요."

조난실이 눈을 내리깔고 낮게 웅얼거렸다.

"당신이 춤추는 모습을 보고 싶어."

난실이가 으르렁거리며 웃었다.

"전 춤추지 않아요."

조난실을 계속 웃었다. 그건 비굴한 웃음이었다. 비굴한 웃음을 지으며 난실이는 내 귀에 대고 애원했다.

"전 지금 아주 중요한 일을 하고 있어요. 제발 그만 좀 놔두세요. 제 마지막 부탁이에요. 해명씨."

"나도 당신한테 마지막 부탁을 했었지. 기억나? 내게 당신의 진실보다 소중한 거짓말을 해달라고."

조난실이 내게 싸늘히 등을 돌리며 남자들에게 말했다.

"밖으로 모셔다 드리세요."

세 남자가 내게로 왔다. 웃기는 놈들이 무슨 닭이라도 잡는 것처럼 두 팔을 벌리고 입으로 우우거리며 나에게 다가왔다. 나는 나가고 싶지 않았다. 아니, 나가서는 안 되었다. 나를 닭 보듯 하는 저 사애단원들이 싫긴 하지만 그래도 남아 있어야 했다. 나에겐 아직 난실이와 함께 할 애기가 남아 있었다. 난 벌떼와 싸우는 장님처럼 허공에 두 손을 미친 듯 휘저으며 몸부림쳤다. 놀란 남자들이 멈추어 섰다. 그들은 혐오스럽단 표정으로 나를 보며 연신 혀를 차댔다. 그중 하나가 다시 권총을 꺼냈다. 아까보다 총구가 더 커 보였다. 남자는 정말 쏠 것 같은 얼굴이었다. 나는 조난실을 찾았다. 조난실은 외면한 채 팔짱을 끼고 있었다. 난실이의 가는 팔목에서 은빛 무언가가 반짝거렸다. 그때,

사방이 깜깜해졌다.

죽었다.

전기가 나갔다. 영혼이 꺼졌다.

그러나, 말소리는 이어졌다.

"뭐야? 또 정전이야? 빨리 전압실로 가봐!"

누군가 문을 열고 달려나가는 소리가 들렸다. 인상 더러운 놈이 계속 불평을 해댔다.

"정말 미치겠군. 기다리는 테러 박은 안 나타나고. 계속 꼬이기만 하니."

"성냥은 절대로 켜지 마, 알았지?!"

누군가가 겁에 질린 목소리로 경고했다.

"조난실, 어떻게 책임질 거야? 설마 우리한테 저걸 입으라고 하진 않겠지?"

"난실씨, 다른 방편을 제시해보시오!"

"테러 박한테 다시 한번 연락을 취해봐요."

정전이 된 게 난실이의 책임이라도 되는 것처럼 난실이를 힐난하는 목소리가 점점 높아지고 심각해졌다. 난실이는 아무 대꾸도 못하고 있었다. 난실이는 너무 눈앞이 깜깜해서 아무 생각도 나지 않는 모양이었다.

나는 난실이의 얼굴을 바라보았다.

모두들 어둠에 파묻혀 아무것도 볼 수 없었지만, 나는 그렇지 않았다. 모두 애타게 빛을 기다렸지만, 나는 그렇지 않았다. 나는 모든 게 너무나 잘 보였다. 왜냐하면, 전등에서 빠져나온 빛이 바로 내 몸속으로 들어왔기 때문이다. 그 빛으로 인해 나는 깨질 듯이 환했다. 세상 그 어느 전구보다 투명하게 빛났다. 내 앞에서는 어떠한 암흑과 거짓도 몸을 숨길 수가 없었다.

GEDH는 상해의 댄스홀 이름이다, 아무도 테러 박의 얼굴을 모른다, 그 테러 박이 어제 서축당에 와서 가죽가방을 가져갔다, 그때 그는 시계를 고쳐달라고 했다, 열두시에 멈춰버린 프린스 시계를……

난실이는 괴로운 얼굴이었다. 그건 길을 잃은 아이의 얼굴이었다. 그녀는 자기가 만든 미로 속에서 길을 잃어버린 것이었다. 나는 더이상 난실이의 고통스런 얼굴을 보고 싶지 않았다. 미로 속에서 망망히 넋을 잃고 서 있는 모습도 보고 싶지 않았다. 그게 얼마나 힘든 일인지 나는 잘 알고 있었다. 난 그녀에게 나의 빛을 나누어줘야겠다고 마음먹었다. 그녀가 길을 찾을 수 있도록, 그녀 곁의 작은 빛이 되어주기로 다짐했다. 그러기 위해서는 나도 그녀가 헤매고 있는 미로 속으로 뛰어들어야만 했다. 그 되돌릴 수 없는 거짓말의 미궁 속으로.

난 다급히 주머니를 뒤졌다. 서둘러야만 했다.

불이 켜졌다.

눈이 부신지 모두 인상을 쓰며 눈을 비볐다. 난실이가 나를 보았다. 난실이의 입이 쩍 벌어졌다. 이어서 줄줄이 남자들의 입이 난실이보다 더 크게 벌어졌다. 그들의 입이 떨어져나가기 전에 나는 입을 열었다.

"반갑습니다. 동지 여러분."

그러나, 여전히 그들의 입은 다물어질 줄 몰랐다. 나는 여유 있는 미소를 지으며 주위를 한번 쓰윽 돌아보았다. 그러면서 힐끗 벽에 걸린 거울을 훔쳐보았다.

거기에는, 강만두가 준 시가를 입에 물고, 박가송이 준 하얀 실크 스카프를 목에 두르고, 신스케가 준 유키코의 백분을 머리에 뒤집어쓴 내 모습이 비쳤다. 하지만, 그건 더이상 나 이해명이 아니었다. 거울 속 남자는, 매일 오후 조선호텔에서 한가하게 티타임을 즐기는 초로의 멋쟁이 일본 신사였다. 아니, 더 정확히 말하자면, 그 남자는, 순식간에 그렇게 보이게끔 변장한, 상해에서 온 최고의 테러리스트, 조난실의 남편, 아무도 그 얼굴을 모르는 사나이, 바로 '테러 박'이었다.

"여보, 수고했어."

나는 조난실을 보며 말했다. 조난실은 아직까지 입을 다물지 못하고 있었다. 어서 정신을 차리라고, 나는 눈빛으로 다그쳤다. 난 조난실의 팔목을 가리키며 말했다.

"내 말대로 했군. 우리의 행동시간인 열두시 정각에 맞춰놨어. 잘 했어."

조난실이 열두시 정각에 멈춰버린 내 프린스 시계를 만지작거리며 멍하니 나를 올려다보았다. 나는 그녀의 멍한 눈빛에게 계속 말을 걸었다.

'테러 박'은 원래부터 존재하지 않았어, 조난실.

'테러 박'은 너의 필요에 의해 만들어낸 너의 최고의 거짓말일 뿐.

너는 그 동안 '테러 박'이라는 가면 뒤에 숨어, 얼렁뚱땅 사람들을 속이고, 조정하고, 그래서 너를 무시 못 하게끔, 반드시 우러러보게끔 만들었지만, 이제 더는 그럴 수 없지.

조난실 넌, 진짜 '테러 박'이 될 수는 없어. 다른 사람들은 다 속일 수 있어도, 네가 만든 거짓말에 네 자신이 속을 수는 없으니까.

조난실이 눈을 감으며 고개를 돌렸다. 모두 조난실을 바라보았다. 모두 조난실의 대답을 기다렸다. 조난실이 드디어 힘겹게 입을 열었다.

"……환영해요…… 여보……"

그녀에게는 선택의 여지가 없었다. 그래서, 그녀는 언제나 그랬던 것처럼 거짓말을 했다. 그럼으로써, 그녀 생애 최고의 거짓말인 '테러 박'이 그 자리에 존재하게 되었다. 놀랍게도, 그 '테러 박'은 그녀가 그다지도 구박하던 남자친구 바로 나 이해명이었다.

기뻤다. 너무나 기뻤다. 날아갈 듯 기뻤다. 위기에 처한 조난실을 돕게 되었다는 기쁨도 기쁨이지만 '테러 박'이란 놈이 원래 없었다는 게 마음에 쏙 들었다. 어째 나보다 멋진 놈이 세상에 있다는 게 안 그래도 미심쩍었었다. 그리고 무엇보다 가장 기뻤

던 건, 내가 드디어, 그녀가 그렇게도 원하고 바라던 그녀의 ‘그
남자’가 되었다는 사실이었다.

나는 조난실을 위해 더욱 완벽한 ‘테러 박’이 되어주고 싶었
다. 그래서, 떨리는 마음을 겨우 진정시키며 자세를 가다듬었다.
나는 좀더 여유 있는, 그러면서도 절도 있는, 한마디로 너무 멋
있어서 ‘테러 박’ 아니면 지을 수 없는, 그런 미소를 지으며 나
의 남성 동지들을 바라보았다. 그들은 여전히, 자신들이 닭 취급
하던 남자가 그렇게 고대하고 고대하던 ‘테러 박’이라는 게 영
믿어지지 않는 눈치였다. 난 좀더 배짱을 가지고 나아갈 필요가
있었다.

“철권 동지!”

예상대로 인상 더럽던 놈이 철권이었다. 그가 제일 못미더워
하는 눈치였다.

“내일 취임 축하 파티 작전은 취소요. 초대권을 구하려 애쓸
필요 없소. 우리에게 필요한 건 초대권이 아니니까. 어차피 우리
는 초대받지 못한 손님들. 하지만, 누구도 우리를 막을 수는 없
지. 안 그렇소?”

내 목소리는 제법 우렁차고, 꽤 멋졌다. 나도 놀랄 지경이었
다. 철권은 자세를 고쳐 앉으며 정중하게 물었다.

“왜 처음부터 밝히지 않으신 겁니까?”

난 그에게 더 우렁차고 더 멋진 목소리를 들려주고 싶었다.
그래서 고개를 높이 쳐들고 입을 열었다.

"그건 바로……"

그런데, 말문이 막혔다. 정말, 왜 진작 처음부터 밝히지 않은 거였지?

"며칠 전부터 정보가 새나가기 시작했어요."

조난실이 내 옆에 와 섰다.

"동지 여러분을 의심해서는 안 되지만 내일 거사가 워낙 중요한 일이기 때문에, 시험을 치를 수밖에 없었어요. 다행히 우리 쪽에서 물이 샜던 건 아닌 것 같군요."

조난실의 목소리는 늠름했다. 역시, 거짓말은 조난실이었다. 난 감히 그 정색을 하는 표정까지는 따라갈 수 없었다. 어쨌거나, 부창부수. 뭔가 일이 척척 진행되는 분위기였다.

"그럼 내일 계획은 어떻게 됩니까? 총독부에는 어떻게 잠입할 계획입니까?"

어떻게 들어가긴, 매일 들어가던 대로 들어가지.

"다른 정원사들과 함께 일곱시 정각 뒷문을 통해 출근할 것이다. 다행히 나와 비슷한 체격과 용모의 정원사를 발견해냈다. 신스케라는 우리측 정보원이 신분증 위조, 출근 기록 직원 매수를 비롯, 모든 준비를 끝내놨다. 여덟시 정각. 일층 취사실 옆 식당에서 신스케를 만난다. 그가 내일 취임식 행사의 선전 방송을 담당하고 있다."

나는 경성방송국에서 가져온 팜플렛을 바지 뒷주머니에서 꺼내 대충 휙— 한번 대원들에게 보여준 후 얘기를 계속했다.

"그와 함께 행사장으로 들어가게 된다. 난 왼팔에 황민신보 기자 완장을 두를 것이다. 물론 내 카메라에는 필름이 들어 있지 않다. 내가 그곳에 사진을 찍으러 가는 건 아니니까. 그러나, 누군가는 나를 찍을 것이다. 기록할 것이다. 그리하여, 모두 기억하게 된다. 바로, 역사가 우릴 기억할 것이다."

내 목소리는 떨렸다. 그러나 그 떨림은 불안한 울림이 아니었다. 그건 감동의 메아리였다. 듣고 있는 사애단원들은 물론, 말하는 나까지 숙연해지도록 만들었다. 나에게 이런 신이 내린 재능이 있을 줄이야. 나는 터져나오는 웃음을 진지한 미소로 간신히 누르며 조난실을 바라보았다. 난실이는 나와 눈을 마주치려고 하지 않았다. 나는 코를 긁는 나의 작은 행동까지도 너무 멋있다는 듯이 우러러보고 있는 나의 동지들에게로 관심을 돌렸다.

"저번 동대문사건 때 내가 보낸 바지지? 이제 보니 자네한테도 잘 어울리는 것 같군."

내 바지를 입었다는 이유로, 나한테 귀를 뜯긴 녀석이 수줍은지 다리를 긁적거렸다. 한마디 안 하고 지나갈 수 없었다.

"아껴서 입게. 상해의 최고 영국 양장점에서 맞춘 거니까."

몰랐었는데, 지금 보니, 총을 들고 설치던 녀석도 나의 옷을 입고 있었다. 그가 입고 있는 흰 와이셔츠도 분명 내 것이었다. 흔한 옷이지만 난 내 옷을 알아볼 수 있다. 저 옷도 조난실이 골라줬던 것인가, 아니, 저건 내 첫 출근날 입었던 옷이다. 나는 부드러운 웃음을 던지며 물었다.

"맨 아래 단추가 떨어졌을 텐데 불편하진 않나?"

"괜찮습니다. 화장실 갈 땐 오히려 편리합니다."

"다행이군."

대체로 흡족했다. 나보다 잘 어울리진 않지만 그런 대로 내 옷을 잘 소화해내고 있었다.

"물건을 한번 체크해주십시오. 아무래도 불안합니다."

철권이 심각하게 요청했다.

"물건?"

난 조난실을 보았다. 조난실의 얼굴이 순간 굳어졌다. 철권은 쌩쌩하게 살아 있는 두 눈을 부릅뜬 채 나를 보고 있었다. 나는 재빨리 눈을 굴려 '물건'처럼 보이는 게 없나 찾아보았다. 폭탄 은커녕, 그 비슷하게 생긴 것도 전혀 눈에 띄지 않았다.

갑자기 목이 따끔거리고, 손바닥이 후끈거렸다.

그때, 테이블 위에 놓인 가죽가방이 눈에 들어왔다. 난 가죽가방 쪽으로 갔다. 메이드 인 잉글랜드. 난 신중한 손길로 가방을 열었다. 그리고 손을 집어넣었다. 딱딱한 무언가가 잡히나 마음을 졸이며, 그러나, 그런 건 없었다. 가방 안에는 천 같은 게 들어 있을 뿐이었다. 난 그것을 꺼냈다. 그건 연미복이었다.

난실이의 눈동자가 갑자기 나침반 바늘처럼 불안하게 흔들거렸다. 하지만, 난 그게 어느 방향으로 가라는 신호인지 알 수 없었다.

"테러 박, 당신의 사이즈에 딱 맞췄다고 하니 한번 입어보시죠?"

철권이 얄밉게 권했다.

이걸 왜 입으라는 것일까. 이 옷을 입고 할 만한 일이란 파티에 가거나, 춤을 추거나, 기념사진을 찍는 것인데. 난 어리벙벙한 표정을 애써 감추며 그 연미복을 집어들었다. 맞을지 안 맞을지 감이 안 잡혔다. 그러나 나는 '테러 박'이므로 무조건 그 옷이 꼭 맞아야만 했다.

난 조심스레 한쪽 팔부터 집어넣기 시작했다. 그리고, 다른쪽 팔도, 두 팔을 뻗고, 단추를 채우고, 깃을 세우고…… 옷을 입는데 마치 바람에 몸을 씻는 기분이었다.

연미복은 완벽할 정도로 내 몸에 딱 맞았다. 나는 거울 앞으로 갔다. 내가 여태껏 입어본 그 어느 옷보다 나에게 가장 잘 어울렸다.

"잘 맞군요, 그럴 줄 알았어요."

조난실이 밝은 표정으로 내 어깨를 털어주며 말했다.

"조심해. 터지면 어떡하려고!"

조난실이 내 옷에 손을 대자 뒤에 있던 남자들이 놀라 기겁을 하며 펄쩍 뛰었다. 난 어리둥절했다.

난실이가 사람들에게 말했다.

"잠깐, 나가주시겠어요. 할말이 있어서요."

사람들이 군말 않고 자리를 비켜주었다.

방 안에는 우리 둘만이 남게 되었다. 난실이 걱정과 분노와 두려움이 가득한 눈길로 나를 올려다보았다.

"당신이 지금 무슨 짓을 하고 있는지 알아요? 당신이 지금 무얼 입고 있는지 아냐고요? 당신이 입고 있는 연미복은 특수 영국제 면화약으로 만든 의복폭탄이에요! 지금 해명씨는 질산과 황산으로 만든 열 개의 주머니를 달고 있는 거라고요, 알겠어요!"

갑자기 온몸이 뻣뻣하게 굳었다. 연미복도 나와 함께 긴장했다.

"그래도, 당신이 골라준 옷 중 가장 마음에 드는데."

나는 힘없이 웃으며 말했다. 그 말은 진심이었다. 조난실은 울먹이며 호소했다.

"제발 벗어요! 위험하단 말이에요!"

"잠깐, 연미복은 처음이라서. 좀만 더 입어보면 안 될까? 그런데, 왜 그렇게 화를 내? 어차피 누군가가 입으라고 만든 거잖아!"

조난실이 너무 흥분을 해서 난 더욱 기가 죽었다.

"당신이 입을 필요는 없어요. 모두 안 입겠다고 하면 나라도 입고 나갈 참이었어요. 그건 당신이 걱정할 일이 아니에요. 저 사람들이 눈치 채기 전에 빨리 여기를 떠나요."

조난실이 내 걱정을 해주다니, 난 너무 행복했다.

"당신 걱정 돼서 하는 소리 아니니까, 착각하지 말아요. 당신은 그 옷을 입을 자격이 없는 사람이라 하는 말이에요. 어서 벗어요."

갑자기 열이 올라왔다.

"그러면, 누구한테는 어울리는데? 테러 박? 제발 테러 박한테 입혀보시지!"

조난실이 낮은 목소리로 똑똑히 말했다.

"오늘을 위해 내가 얼마나 마음을 졸이며 땀을 흘렸는지 해명 씨는 모를 거예요. 이제 와서 당신이 망쳐놓을 수는 없어요. 비웃고 싶으면 실컷 비웃어요. 그래봤자, 당신이 테러 박이 될 수 있는 건 아니니까."

땀에 젖은 머리를 흔들며 야무지게 읊조리는 조난실. 눈앞의 난실이는 내가 알고 있는 어느 난실이보다 당당하고, 아름다웠다.

화가 치솟았다. 불을 붙이지 않아도 저절로 터질 것만 같았다. 조난실은, 저 웃기지도 않는 나의 여자친구는, 지금 있지도 않은 테러 박을 감싸고 있다. 자기가 만든 거짓말을 끝까지 지키려다, 결국 자기가 속아넘어가고 있다. 난 화가 났다. 너무 화가 났다. 바보 조난실은 담이 약한 내가 왜 이 연미복을 벗지 않고 있는지, 왜 목숨을 걸면서까지 '테러 박'이 되려고 했는지 끝내 알려고도 하지 않았다.

"어서 가요. 시간 없어요."

난 부글부글 끓어오르는 침을 겨우 삼키며 난실이에게 다가 갔다.

"항상 시간이 없다고 했지. 내가 용서해준대도 시간이 없다고 하고, 내가 사랑해준대도 시간이 없다고 하고, 이젠 내가 대신 죽어주겠다는대도 시간이 없다고 하네. 하지만, 시간은 없지 않아. 시계를 봐. 우리를 위해서 시간이 잠깐 멈춰졌다고. 시간은 적어도 한 번은 기회를 주거든."

난실이는 내 얼굴을 피해 고개를 돌리며 괴로운 한숨을 토해 냈다.

"도대체 나한테 원하는 게 뭐야. 당신은 정말 어떤 사람이기에 나를 이렇게 괴롭히는 거예요?"

"이제야 내가 왜 당신을 그토록 찾아다녔는지 알 것 같아. 조난실. 내가 왜 당신을 괴롭혔는지 아직도 모르겠어? 나는 단지 당신이 원하는 남자가 되고 싶었던 것뿐이야. 내가 얼마나 그 남자가 되고 싶었는지 모르지? 당신의 과거, 현재, 미래를 모두 쥐고 있는 그 남자, 바로 테러 박 말이야! 이젠 그 소원을 이루게 됐어. 내가 당신의 남편, 당신의 사랑, 당신의 이상, 꿈속의 남자, 멋진 남자, 테러의 화신, 테러 박이 되어줄 거야! 말리지 마!"

조난실이 나를 정면으로 바라보았다. 나의 분노를 정면으로 바라보았다. 나와 조난실, 우리의 숨소리가 뜨겁게 섞였다.

조난실이 바들바들 떨면서 말했다.

"당신은 그럴 수 없어요. 죽기 전에는."

조난실의 젖은 눈동자에 머리가 허옇게 센 내 모습이 비쳤다. 그때 문이 쾅— 하고 열렸다. 예의도 모르는 사애단원들이 난리를 치며 뛰어들어왔다.

"철수예요! 댄스홀을 덮치고 있어요!"

단원들은 신속하게 물건을 챙기기 시작했다. 복도 저쪽에서 소란스런 소리가 들려왔다. 댄스홀에선 고도의 소방훈련이 이미 시작된 모양이었다.

조난실과 난 서로를 바라보며 그냥 서 있었다.

철권과 내 바지를 입은 대원이 소리를 지르며 들어왔다.

"빨리 떠! 우선 각자 숙소로 돌아가고, 내일 오후 약속시간에 집합한다!"

조난실과 난 여전히 서로를 바라보며 서 있었다.

철권과 내 바지를 입은 대원이 양쪽에서 조난실의 팔을 잡아 끌었다. 철권이 침을 튀기며 말했다.

"테러 박. 내일 거사 후 봅시다. 만약, 못 보게 된다면…… 우리는 모두 당신만 믿습니다. 난실이가 기다리고 있으니 꼭 돌아오십시오."

동지들이 난파 직전의 배에서 선원들이 선장을 바라보듯 다급하고 애절한 눈빛으로 나를 보았다. '테러 박'은 그들을 위해 한 마디를 남겨야 했다.

"행운을 비네…… 동지들."

내 목소리는 늙은이처럼 쉬어 있었다.

여자들의 비명소리가 들렸다.

난실이는 두 남자에게 대롱대롱 매달려 끌려나가고 있었다. 그러나, 우리는 여전히 서로를 바라보았다. 노란 전등빛을 삼킨

난실이의 노란 눈동자에 내 모습이 비쳤다. 내 모습은 점점 작아져갔다.

난실이 갑자기 두 남자의 팔을 뿌리치며 나에게 달려왔다. 난실이 내 목을 안고 달콤한 입김을 뿜으며 미소지었다.

"당신의 마지막 부탁을 들어주겠어요. 당신은 테러 박이 아니에요."

그 말을 남기고 난실이는 끌려나갔다.

나도 그 방에서 뛰쳐나왔다.

복도는 이미 아비규환이었다. 춤을 추던 하얀 예복의 남녀들이 물보라처럼 떠내려가고 있었다. 발 밑에 무언가가 걸렸다. 실크햇이었다. 나는 그걸 들고 달리기 시작했다.

종로에는 백 개도 넘는 태양이 타오르고 있었다.

거리의 모든 가로수와 상가 차양과, 건물 창가마다 매달린 일장기들. 그 수많은 붉은 태양들 때문에 거리는.이른 아침인데도 벌써부터 뜨거웠다.

나는 전찻길 한가운데 서서 아침 일찍부터 신임 총독 취임식 준비를 위해 바삐 돌아다니고 있는 일본 군인들과 행사 차량들을 구경했다. 그들은 발을 맞추고 걷는 게 세상에서 제일 즐거운 일인 줄 알고 있었다. 나는 멍하니 서서 그들의 반짝이는 군홧발을 바라보았다.

땀이 온몸을 적시고 있었다. 너무 더웠다.

물뿌리개로 물을 뿌리며 땅에 통제선을 긋고 있던 어린 군인이 반갑게 웃으며 말을 붙였다.

"옷이 참 멋지십니다."

나도 웃으며 대답했다.

"총독이 오는데 이 정도는 입어야죠."

어린 군인이 말했다.

"모자도 역시 멋지십니다."

"고맙습니다."

어린 군인이 다시 말했다.

"물 좀 뿌리게 비켜주시겠습니까?"

나는 그가 물을 뿌리며 지나갈 수 있도록 뒤로 물러섰다.

내 발 앞에 줄이 그어졌다. 난 그 뒤에 섰다. 땀이 손등까지 흘러내렸다. 더이상 버틸 수가 없었다. 결정을 내려야만 했다. 이 무시무시한 제비꼬리 연미복 폭탄을 벗을 것인가, 말 것인가, 벗어서 산에 묻을까, 한강에 버릴까, 아니면 옷장에다 쑤셔박아 놓을까, 것도 아니면, 이대로 입고 그냥 출근을 할까. 정신을 못 차릴 정도로 더웠지만, 난 내 영특함을 총동원해서 생각해보기로 했다.

자, 이제 어떻게 할 것인가. 생각. 생각. 그렇게 생각하는 사이 어느새 발 밑의 줄은 말라버렸다. 결정을 내릴 순간이었다.

최종적으로 누군가의 조언이 필요했다. 나를 잘 아는 사람의 조언이라면 더 반가울 듯했다. 다행히, 친절하고도 다정한 나의 여자친구는 어젯밤 떠나기 전에 도움이 될 만한 얘기를 남기는 걸 잊지 않았다. 내 여자친구는 이렇게 말했었지.

"당신은 테러 박이 아니야."

이렇게 간단한 일을 이다지도 고민하다니. 나는 테러 박이 아니므로 이 겁나는 옷을 더이상 입고 있을 필요가 없었다. 나는 연미복을 훌훌 벗어던지기 위해 팔을 들어올렸다. 그때 갑자기, 생각이 났다. 조난실이 그 말을 하기 전에 했던 말이.

"당신의 마지막 부탁을 들어줄게요."

나의 마지막 부탁이 뭐였지? 나는 잠깐 생각에 잠겼다. 맞아, 그녀에게 난 거짓말을 해달라고 부탁했었지. 진실보다 소중한 거짓말을. 그녀는 결국 내 부탁을 들어주기로 했군. 그렇다면, 내가 테러 박이 아니란 말이 거짓말이 되는 것이라면? 내 영특한 머리로 모든 것이 정리됐다.

나는 '테러 박'인 것이다. 더이상, 식민지 조선의 최고겁쟁이, 여자 복도 지지리도 없는 재수 없는 자식, 무시만 당하는 낭만의 화신, 외로운 소년, 바보 이해명이 아니다. 난, 무조건 '테러 박'이다. 어제의 '테러 박'이므로 당연히 오늘의 '테러 박'이고, 또 내일의 '테러 박'이다. 난 조난실이 인정한 유일한 '테러 박'이다. 마누라가 인정했으므로 이건 확실한 사실이다.

나는 기뻤다. 약간 부담스럽기는 했지만 그래도 기뻤다. 기뻐서 눈물이 나오려고 했다. 내 고단한 청춘의 먹구름이 걷히고 드디어 광명의 빛줄기가 내려오는 순간이었다. 나 이해명이 모든 젊은 놈들이 꿈꾸는 소원을 마침내 이루어낸 것이었다.

나는 드디어 내 여자친구가 원하는 남자가 된 것이다. 야호!

난 '나의 둥그런 푸른 무덤'으로 가기 위해 연미복 제비꼬리를 팔랑이며 전차정거장 앞으로 달려갔다.

전차를 기다리는 일마저 즐거웠다. 즐거운 마음으로 난 여러 가지를 생각해보았다. 백상허는 행복한 뼈다귀를 가지고 얼마큼 멀리 도망갔을까, 신스케의 사랑의 전파는 오늘 무사히 현해탄을 건널 수 있을까, 부인에게 용서를 빌고, 나에게도 과연 용서를 주었을까, 나는 갑자기 궁금해졌다. 특히, 내가 용서를 받을 수 있을지 없을지, 그게 너무 궁금했다.

저쪽에서 '나의 둥그런 푸른 무덤'으로 향하는 오늘의 첫 서대문 방면 전차가 파란 불꽃을 일으키며 달려오고 있었다. 반대쪽에서도 청량리 방면 전차가 똑같은 파란 불꽃을 매단 채 달려오고 있었다. 전차가 오기 전, 난 마지막으로 실크햇을 쓸까 말까에 대해서 진지하게 고민해보았다. 이 연미복처럼 내게 잘 어울릴지 궁금했다. 인물이 인물인 만큼 아마, 이것 역시 잘 어울릴 것 같았다. 그렇게 생각하니, 갑자기 걱정이 됐다. 총독보다 더 멋있으면 곤란한데 이 일을 어쩌나. 정말 이 일을 어찌 하면 좋은가. 해결할 방법은 없는가? 방법은 있었다.

양쪽에서 달려온 두 대의 전차가 끼이익 소리를 내며 천천히 멈춰 서고 있었다. 난 실크햇을 머리에 썼다. 그리고 나서 뛰었다.

나는 전차에 올라탔다. 땡땡땡 종소리와 함께 나를 태운 청량
리행 전차는 경쾌하게 달리기 시작했다. 나는 전기의 영혼을 타
고 이제 막 깨어나기 시작하는 경성을 가로질렀다. 나는 점점
'나의 둥그런 푸른 무덤'과 멀어지고 있었다. 어쩔 수 없었다.
나는 결국 조난실과 한패가 될 수는 없었다. 공범이 될 수는 없
었던 것이다. 서로의 아픔에 무감각해지는 것은 슬픈 일이니까.
그녀가 나를 더욱 아프게 한다고 해도 나는 그대로 느껴야만 하
는 것이다. 슬퍼지지 않기 위하여. 그러나, 것도 중요하긴 하지
만 실은 진짜 이유가 따로 있는데, 아무래도 총독보다 멋있게
보이는 건 예의가 아닌 것 같았다. 아무래도 영 그게 마음에 걸
렸다. 그뿐 아니라, 나는 나의 무덤에게 부담과 실망을 안겨줄
수는 없었다. '나의 둥그런 푸른 무덤'은 총독의 무덤도 그 누구
의 무덤도 아닌, 바로 나의 무덤이므로, 묻힌다면 나 혼자만이
묻혀야 하는 것이다. 나의 무덤이 원하는 건 오직 나 하나이니
까. 나 역시 무덤은 나의 무덤 하나면 족하니까. 우리의 바람은
소박하므로 언젠가는 이루어질 거라는 생각이 들었다. 나는 창
유리에 비친 내 모습을 보았다. 실크햇은 어째 어울리지 않았다.
그래서 나는 그것을 벗었다. ■

도정일(문학평론가, 영문학자)

『모던보이―망하거나 죽지 않고 살 수 있겠니』는 두 개의 큰 장점을 갖고 있다. 하나는 이 작가 특유의 '산문 prose'이고 다른 하나는 소재 처리의 신선함이다. 제시의 층위는 조직(서사구조)의 층위와 함께 소설 서사를 구성하는 결정적 측면이며 산문은 이 제시 층위의 결정적 요소이다. 작가란 그 자신만이 쓸 수 있는 산문을 가진 사람이다. 산문 생산력은 독자가 신예 작가들에게서 노상 기대하면서도 실제로는 만나기 어려운 즐거움의 원천 가운데 하나이다. 그런데 『모던보이』의 작가는 어디서 어떻게 배운 것인지 몰라도 (아마 피나게 연습했겠지) 근년의 신예들에게서 발견하기 어려운 매우 놀라운 수준의 산문 생산력을 과시한다. 신선하고 재기 발랄한 서술-묘사들은 독자에게 웃음,

재미, 경이를 경험하게 하고 '읽는 재미'란 것이 이런 것이구나
를 실감하게 한다. 사건소재와 인물 만들기도 매우 신선하고 재
미있다. 요즘 작가 지망자들이 좀체 거들떠보지 않는 '식민시
대'(거기가 바로 우리 문학은 물론 영화, 만화 등이 그야말로 '파먹
을 수 있는' 거대한 소재의 보고임에도 불구하고)가 이 작품의 시
간과 장소이다. 그러나 독자의 기대와는 반대로 이 작품이 다루
는 것은 식민시대의 '거룩한' 투쟁이 아니라 그 시대를 매우 특
이한 방식으로 살아가는 독특한 두 남녀, 이해명과 조난실의 이
야기이다. 조난실은 거짓말이 진실인 여자이다. 그녀는 거짓말
하기 위해 '독립운동' 비슷한 것을 벌이고 다닌다. 남자 주인물
이해명은 그 자신의 진실(사랑) 외에는 아무 관심도 없는, 말하
자면 식민시대에 대학까지 나온 조선 젊은이치고는 제1급의 '또
라이'이다. 거짓말이 진실인 여자와 그 여자를 잊지 못해 쫓아다
니는 '또라이' 낭만파 청년이 만났을 때 무슨 일이 어떻게 벌어
지는가? 그것은 희극일까, 비극일까? 테러 박이라는 신비스런
인물도 아주 흥미롭다. 상해 독립운동조직의 거물로 알려진 테
러 박은 사실은 실존 인물이 아니라 조난실이 지어낸 가공의 인
물이다. 그가 흥미롭고 중요한 것은 그의 비실재성이 소설 결미
부분에서 이해명의 기쁨과 발견과 변신에 결정적 계기가 되기
때문이다. 이들 말고도 이 작품에는 일본인 미남 청년 신스케와
바람둥이 미녀 유키코가 등장하는데, 이들 역시 독특한 행동으
로 독자를 웃기는 인물들이다.

기이하게도, 독자는 조난실과 이해명을 미워할 수가 없다. 작가, 혹은 작품의 내부 저자는 주인물이자 화자인 이해명과는 분명 일정한 거리를 유지하고 있어 보이지만 그러나 내가 보기론 이 작가 자신이 이해명이란 인물을 통해 '하고 싶은 말'이 많은 것 같다. 독자에 따라서는 식민시대의 경험을 이런 방식으로 처리해도 되는가라는 질문을 포기하기 어려울지 모르고, 식민시대로 배경만 옮겼을 뿐 소설의 냉소적 어조는 80년대 이후 우리 사회의 어떤 문맥에 대한 이미 진부해진 진술 하나를 반복하고 있다는 느낌도 받을지 모른다. 그러나 이 작품은 좀 다른 문제를 던지고 있다. 이 소설은 식민시대의 진실에 대한 냉소적 조롱이나 허무주의라는 문제보다는 진실의 비진실한 근거라는 문제에 초점을 두고 있어 보인다. 식민시대는 민족 수난기이지만, 바로 그 엄숙한 사실 때문에 마치 없는 듯이 덮어지고 아무도 주목하지 않는 것의 하나가 진실의 비진실스런 바탕이라는 문제 아닐 것인가. 테러 박이 사실은 존재하지 않는 가공의 인물이라는 사실을 알고 이해명이 '기뻐하는' 대목은 바로 그 문제와 연결되어 있다. 독자는 조난실의 거짓말과 이해명의 '또라이' 짓들, 그리고 그의 발견과 변신을 보면서 그들이 어느 틈에 우리 내부로 이주해 있다는 것을, 아니, 우리 내부의 어떤 것이 그 두 인물의 형태로 외화되어 간단치 않은 문제를 우리에게 되돌리고 있다는 것을 느낀다.

최윤(소설가, 서강대 불문과 교수)

이지민의 『모던보이』는 매우 특이한 방식으로 미로 같은 현실의 한 본질을 포착하고자 시도한 작품이다. 다소간 어색하기도 하지만 개성이 돋보이는 어조와, 소화하기 어려운 시공을 택하면서 이 작품은 그런 쉽지 않은 선택 자체를 통해 현실 해석의 한 태도를 표명하는 것으로 보인다. 어조란 작품의 표현을 빌리면 "모던보이의 불안한 첫사랑"의 어조이며 시공은 1930년대 후반으로 추정되는 일제 치하의 경성이다. 그런 가운데 진행되는 이야기의 구조는 매우 단순하다. 재산을 일제에게 빼앗긴 대가로 아들을 총독부에 취직시킨 "양심 있는 친일파"의 아들 이해명이 첫사랑의 여인 조난실에게 배신당한 후 강박적으로 그녀를 추적하는 탐색소설. 그러니까 이 작품이 택한 또하나의 난제는 이 소설 주인공의 반영웅적인 위상에 있기도 하다. 비록 잠시나마 신임 총독 취임식에 폭탄이 장전된 연미복을 입고 뛰어들 것을 결심함에도 그는 여전히 반영웅으로 남는다.

탐색의 구조를 띠지만 탐색의 대상은 엄밀한 의미에서 존재하지 않는다. 일제의 독립운동단체 강제 해체 제1호로 꼽히는 사애단의 일원인 조난실의 실체가 드러나는 것은 작품의 초기이기 때문에 그 비밀의 노출이 작품의 재미를 만드는 것도 아니다. 끝까지 가보고자 하는 다소간 광적인 미로 경험 욕구 자체가 주인공 이해명의 여정을 이끈다.

　그는 공개적으로 일제 치하의 경성을 움직여 다니지만, 독자는 곧 21세기 벽두의 서울 골목을 쉽사리 중첩시킬 수 있다. 풍속은 부분적으로 재현되는 듯도 하지만 많은 부분 자유분방하며 장난치듯 허구적으로 과장되고 풍자된다. 30년대의 경성에는 카페 '아틀란티스'도, 댄스모임 '이십세기모던이미지댄스구락부'도, 카페 '스타박스'도 물론 있을 리 없다. 배경이 30년대라면 주인공의 의식과 언어는 현재다. 이 묘한 시간 배합과 어조의 혼재와 발상 그 자체는 신선할 수 있다.

　현대의 무분별한 광증의 상태가 감지되는 서울 어느 하늘 밑도 진부하고 식상하기에 이 작품은 30년대의 식민지 경성을 빌려온 듯하다. 상식적이지 않은 시공에서 현재를 이야기하기. 작품의 이러한 설정 자체에서, 주인공의 혼란스런 추적의 여정에서 그 의도를 유추해볼 수 있다. 즉, 일제 치하 이후 현실은 여전히 근본적으로 불온하며, 그때나 이제나 유사한 답답함과 유사한 혼란, 유사한 불발 욕망의 집적지라는 점에서 두 시간대는 마찬가지다, 모더니티는 없고 모더니즘만 있다, 혹은 '대의를 위한 투쟁'이 확실하게 의미를 지녔던 식민 치하의 경성에서 한 잣대 잃은 이단자의 광적인 자기 집착의 허무는 그 대의가 무의미하게 인지되는 지금의 상태를 반영한다. 이때나 저때나 세상은 혼란스럽고 방종했으며 지루했다, 식민지라는 역사적인 구금의 시간은 지금도 어김없이 상징적으로 계속되는 중이다……라는 전언을 매우 우회적으로 말하는 것.

그럼에도 불구하고 이 작품의 진의는 매우 논쟁적일 수 있으며 주제는 여전히 모호하다. 현재 우리가 직면하고 있는 왜곡된 현대성에 대한 우화적인 비판으로만 읽을 수 없게 하는 어떤 결여가 이 작품의 단점을 만들고 있기 때문이다. 그것은 현대성에 대한 해석을 유발하는 요소들이 분산적, 부수적으로 나타날 뿐 작품의 구조 속에서 '구성적으로 형상화'되어 있지 않기 때문이기도 하지만, 다른 편에서는 이 작품 속에 과잉적으로 드러나는 '무엇' 때문이다. 그것은 한편으로는 자유분방하다기보다는 과장적으로 사용된 대중문화기호들(만화 혹은 탐정영화) 혹은 단순한 재미로 눈짓을 보내는 기존 작품 요소들의 무상의 사용에서 기인하며, 다른 한편으로는 부정적인 주인공을 등장시키면서 작품이 떠맡은 위험부담이, 선택된 시공에 대한 불분명한 지식으로 인해 여전히 위험부담으로 남아 있다는 데서 강화된다. 이런 이유로 해서, 자기 자신을 대상화해서 바라보고 묘사하는 데서 오는 반영웅의 희극적(냉소적?)인 효과, 상황에 맞지 않는 부조리한 반응들이 자유롭고 매섭다기보다는 작품의 장점을 부각시키는 원군의 역할을 못 하고 있지 않은가 싶다.

"나라를 찾는 것보다 더 어려운" 애인을 찾기 위해 방문하는 경성에 대해 실증주의적인 적확성을 면면이 증명하라고 요구할 사람은 없을 것이다. 그러나 그런 세부들이 비판적으로 드러낼 가치가 있는 현실에 대한 냉소적인 의미를 띠기 위해서는, 그리고 반실증이 그 자체로 하나의 입장이 되기 위해서는, 그 시대의 재구성과 사회적·사적 맥락과 시대적 의식의 깊이를 읽어내는 기본적인 훈련이 전제되었어야 했다. 아마 그런 과정이 있었다면 주인공과 경성(혹은 조난실)과의 만남은 전혀 다른 양상을 띠었을지도 모른다! 발상의 신선함, 개성적인 감수성이 포착하는 관찰과 묘사, 자신을 희화화하는 냉소적 거리화 등 이 작품이 지닌 매력적일 수 있는 국면들 앞에서 허탈해지는 것은 안타까운 일 아닌가.

임철우(소설가, 한신대 문예창작과 교수)

『모던보이』는 한마디로 독특하고도 별난 소설이다. 그것은 종래의 소설독법에 길들여진 독자들을 당혹스럽게 하고 곤란하게 만들기에 충분한 몇 가지 파격적이고 황당하기까지 한 장치들을 내장했다. 1930년대 일제식민지 시대의 경성이 무대이지만 등장인물들은 하나같이 그 암울한 역사적 배경과는 정반대로 코믹하고 희화적이며, 그들이 엮어가는 이야기는 때로 허황된 만화 같기도 하고 혹은 종잡을 수 없는 몽롱한 꿈속의 세계 같기도 하다. 식민지 조국을 배경으로 한 블랙코미디 아니고, 그렇다고 턱없이 가볍고 경쾌하고 제멋대로인 쇼코미디도 아닌, 바로 그 중간 어디쯤에 교묘하게 이 소설은 자리한다.

무엇보다 도처에 간단없이 출몰하는 냉소와 야유와 패러독스는 바로 이 소설의 핵심이다. 때로는 심술궂음을 넘어 어딘가 가학적이고 악마적인 냄새까지 풍기는 이 냉소와 야유의 대상이 무엇인가를 제대로 판별해내기 전까지는 아마 까닭 모를 당혹감과 거부감, 심지어 불쾌감마저 느끼게 될지도 모른다. 암울한 식민지 서울에서 주인공은 '독립'이니 '민족의 운명' 따위는 코웃음을 치며 오로지 조난실이라는 여자의 꽁무니만을 쫓아다닐 뿐이고, 독립운동 비밀결사라 할 '이십세기모던이미지댄스구락부' 조직원인 조난실과 일단의 인물들은 하나같이 허풍선이 내지는 현실성 없는 백치들처럼 그려지고 있는 까닭이다.

그러나 작가의 의도가 실제 역사 자체를 터무니없이 야유하고 희화화하려는 데 있지 않음은 물론이다. 실상 이 소설의 풍경은 전혀 1930년대답지 않고, 차라리 2000년 오늘이나 삼십 년 전 서구의 어느 한 도시로 무대를 대체한다고 해도 큰 차이는 없을 듯하다. 말하자면 이 작품은 또하나의 「이수일과 심순애」라고 불러도 좋을, 한 편의 기발하고도 코믹한 연애소설이다.

자신을 배신한 바람둥이이자 비밀독립투사인 애인 조난실을 찾아 서울 거리를 헤매는 주인공 이해명. 그는 총독부 조사과 '대경성신도시계획회의'에 근무하는 자칭 "낭만의 화신"이다. 결국 이 소설은 "나라를 찾는 것보다 애인을 찾는 게 더 어렵다"는 극히 도발적인 혹은 극히 인간적이고 정직한(?) 신념을 지닌 이해명이 연출해내는, 일종의 서울판 「오디세이」 혹은 「이수일과 심순애」의 패러디라고 불러도 좋겠다. 이수일과 심순애가 그러했듯이, 이해명이 그토록 찾아헤맨 것은 진정한 사랑과 그것의 그림자이다. 바로 그것은 가식의 언어와 가면의 사랑이 만연한 오늘날 서울의 뒤틀린 풍속도로 읽힌다.

빈번히 나타나는, 기괴하게 뒤틀린 신화적 모티프들, 하나같이 백치 부류에 속하는 인물들이 자아내는 황당한 장면들을 시치미 뚝 떼고 능청스레 끌고 나가는 솜씨 등은 독특한 매력이 있다. 다만 냉소와 딴죽걸기가 지나쳐서 만화적이라고 할 정도로 가벼워지는 부분들이 이따금 눈에 걸리는 것도 사실이다. 작가 스스로 그 점을 오히려 의도하고 있는 듯 여겨지기도 하는데, 문제는 풍자건 냉소건 야유건 그 속에 숨겨진 대상과 의미를 작가는 정확히 파악하고 또한 그것을 작품의 전체적인 틀 안에서 일관성 있게 조절할 수 있어야 한다는 것이다. 이 작품의 가장 큰 약점도 거기에 있는데, 냉소의 주체인 이해명과 그 대상이라 할 조난실의 이야기가 좀더 구체적으로 제시되었더라면 작가의 의도가 보다 명확히 드러날 수 있었을 것이다. 가령 조난실에게도 충분한 변명의 기회를 주었더라면 좋았을성싶다. 특히 결말 부분의 미진함은 아쉬움이 많이 남는다.

심사에 임한 입장에서 이 작품은 내게 여러모로 고민을 많이 하게 만들었다. 통념을 깨뜨리는 기발한 발상이며 거침없고 재치에 넘치는 표현들은 특별히 인상적이었다. 아마도 이 작가 특유의 개성이라 할 그 재치와 기발함이 장차 좀더 깊이 있는 주제의식과 합쳐질 수 있다면 아주 특별하고 인상적인 소설이

태어나리라 믿는다. 새로운 작가의 탄생에 진심으로 축하를 보
낸다.

불쌍한 미치광이들

신수정(문학평론가, 명지대 문예창작과 교수)

출장 기생을 태운 인력거, 회색 비크 택시, 종로 거리를 가로지르는 전차들, 갖가지 모자로 무장한 모던걸과 모던보이, 댄스홀, 카페, 활동사진…… 제5회 '문학동네작가상' 수상작인 이지민의 『모던보이』는 우리를 어느새 까마득한 과거가 되어버린 저 근대의 여명기로 데려간다. 이른바, 일제 강점기, 총독부의 둥근 돔 지붕으로 상징되는 저 식민의 기억은 사실 우리에게 가장 끔찍한 기억 가운데 하나다. 일본 제국주의의 악랄한 식민지 지배술을 두고 이런 말을 하는 것만은 아니다. 그것은 충분히, 지금도, 여전히, 오늘의 우리를 규정하는 가장 근원적인 집단 무의식으로 작용하고 있을 뿐만 아니라 영원히 사라지지 않을 뿌리 깊은 원한에 해당한다. 그러나 식민의 유산은 이에 그치지 않는다. 일본 제국주의가 언제나 악의 화신으로만 환기되는 것은 아니다. 그것은 총칼을 앞세운 야만의 주재자이기도 했지만 동시에

철도와 백화점, 그리고 전등불의 세계로 나아가는 통로이기도
했다. 싸잡아 '근대'라고 불리는 이 모든 기제들, 그것들과 함께
변화하는 삶에 관한 모든 감각, 모든 판단, 나아가 추억의 이름
으로 회고되는 저 유년의 시간에 이르기까지 일본 제국주의는
어느덧 바로 우리 스스로의 과거 및 현재, 그리고 미래와 구별
할 수 없게 되어버렸다. '적'이 바로 '나'인 것이다. 적과 내가
한몸이 되어버린 것, 그리하여 어느 것이 타자이고 어느 것이
주체인지 구별할 수 없는 상황, 아마도 오늘 우리에게 일본 제
국주의는 바로 이 괴물스러움에 관한 은유인지도 모른다.

"제가 생각하는 한국사회는 슬로건과 표어의 사회입니다. '하
면 된다' '휴지는 휴지통에'에서부터, 세계화, 정보화, 인터넷
대한민국까지. 교실, 사무실, 길거리, 신문, TV, 심지어 껌 포장
용지에까지, 눈 돌아가는 곳 어디에나 붙어 있는, 그 시대가 요
구하는 가치와 목표들. 온 사회가 마치 수험생의 책상머리 같다
는 생각까지 들 정도입니다. 물론, 한 세기 동안 끊임없이 이어
진 역사적 비극과 시련을 헤쳐나가기 위해서 그 정도의 의식화
노력은 어쩌면 당연한 것일지도 모르겠습니다. 그러나, 저는 계
속해서 학습하고 터득해서 일정 궤도에서 부지런히 빙빙 돌기를
강요하는 그 모든 표어 딱지들이 너무 부담스러웠습니다. 70년
대 중반에 태어나 80년대는 집 안에서 텔레비전 외화시리즈를
보며 보낸 세대가 중압감을 느껴봐야 얼마나 느끼겠냐고 누군가

가 물을지 모르나, 저의 체감온도는 확실히 못 견딜 정도로 높았습니다. 저는 이런 저의 지긋지긋한 못 견딤을 이야기해보고 싶었습니다. 그것이 저에게는 최선의 정직이었습니다. 그래서 전 역설적이게도 그 넘쳐나는 대의명분을 뚫고 가기 위해 그 모든 것들이 가장 치열하고 맹렬하게 살아 날뛰던 우리 역사의 최고 암흑기로 시간여행을 가보기로 마음먹었습니다."

『모던보이』의 흥미로움은 여기에 있다. 이 소설이 '지금—여기'의 문제의식을 과거로 되돌아가 전도된 형태로 되짚어보려고 한다는 것은 여타의 다른 '시간여행소설'들과 그리 다르지 않다. 그러나 그 작업은 아주 '발칙하게' 진행된다. 작가에 의하면 새로운 미래의 희망에 부풀어 있는 21세기 초입의 대한민국 수도 서울은 왜곡된 식민지 근대화의 거품 속에서 부글거리고 있는 20세기 초입의 식민지 제일의 도시 경성과 거의 다를 바 없다. 1930년대를 배경으로 하고 있는 이 소설의 디테일이 최근 소설을 읽는 느낌을 주는 것도 그 때문이다(그런 의미에서 역사적 리얼리티가 이 소설의 핵심은 아니다). 서울이 경성이고 경성이 곧 서울이다. 이러한 감각은 진보라든가, 변화라든가 하는 따위와는 무관하다. 도대체 우리 모두 합의하고 있는 소위 '역사의식'이라는 것을 찾아볼 수 없다. 나라를 찾는 것보다 애인을 찾는 것이 훨씬 시급하다고 주장하는 총독부 관리는 원래 그렇게 생겨먹었다고 치자. 허구한 날 무수한 애인들을 갈아치우는 경성 제일의 바람둥이가 독립운동자금을 지원하는 조직의 가장 핵심적인 리더이자 가장 강경한 매파이기도 하다는 이야기는 또 무슨 꿍꿍이속인가. 심지어 상해에서 (독립운동을 하다가) 돌아온 "대동아방위교수대"의 테러리스트 테러 박(조난실이 조작한 가공의 인물로 밝혀지지만, 테러 박, 혹은 상하이 박이라니! 심지어 이 테러 박은 테일러 박과 혼동되기도 한다. '테러'가 '테일러'로 발음되는 순간 그것은 이미 그것이 내장하고 있는 고정된 의미체계의 사슬 바깥으로 곤두박질치게 되어 있다)이나 고종의 비밀 정보원이었다가 고작 불륜의 남녀를 덮치는 사설탐정 노릇을 하며 총독부 정원사로 위장한 채 총독 암살 기회만 엿보는 백상허라는 인물들은 또 얼마나 우스꽝스러운가. 마치 김두한이 등장하는 시대활극처럼, 혹은 두툼한 만화잡지에 연재되는 명랑소년만화처럼, 『모던보이』는 우리 민족의 가장 불운한 시기를 배경으로 엉망진창, 유치찬란한 '장난'을 종횡무진 펼쳐 보이고 있을 뿐이다. 말하자면 작가는 역사를 가지고 놀고 있는 것이다. 그렇다면 '식민지'라는 시니피앙이 거느리고 있는 우리 시대의 시니피에들 따위에는 도통 관심이 없을 뿐만 아니라 알고 싶지도 않다는 투로 일관하는 이 천진난만한 '뻔뻔스러움'을 어떻게 볼 것인가.

"3·1절이나 광복절에 방영되는 다큐멘터리의 자료 화면들—임신한 배를 만지고 있는 정신대 소녀의 모습이나, 태극기를 들고 만세를 부르며 달려가는 민중들의 모습. 대한민국에서 초등

교육을 마친 정상적인 사람들이라면 이 뿌연 흑백 필름들을 절대 무감각하게 바라볼 수 없을 겁니다. 저도 초등학교를 '무사히' 마쳤기 때문에 강제 징용으로 끌려갔다가 다시는 고향땅을 밟지 못하는 할아버지들의 모습 등을 보면 눈물부터 글썽거리곤 합니다. 그런 피맺힌 시절을 한낱 우스꽝스러운 난장판으로 만들어버린 장본인으로서 할말이 뭐가 있겠습니까. 그러나, 저는 정론과 도덕과 비판이 가득한 신문에서도 한 귀퉁이를 차지하고 있는 '휴지통' 난의 어처구니없는 사건 사고 기사가 때론 그날의 우리 사회와 우리 삶의 정곡을 꿰뚫기도 한다고 생각합니다. 저는 사람들에게 경종을 울릴 만한 모범답안을 제시할 생각도 그럴 재주도 없습니다. 제가 만든 이상한 주인공 이해명을 죽일 놈이라고 비판해도 상관없습니다. 오히려 당연한 일, 바람직한 일일 겁니다. 그러나 '나는 반성하지 않는다'를 인생 좌우명으로 삼고 있는 이해명 같은 인물도 자기 나름의 순정이 있을 겁니다. 이 사회의 반성하지 않는 무수히 많은 사람들 중에 거의 유일하게 자기 입으로 반성하지 않겠다고 선언하고 나선 이 인물이 저는 오히려 순수하게 여겨지기도 합니다. 이해명은 어디로 튈지, 상대의 어디를 공격할지 모르므로 만약 비판하고자 하는 이가 있다면 사력을 다해 퍼부어야만 할 것이라 경고해두고 싶습니다. 조심하는 게 상책입니다. 그리고 만약 이해명에게 심적 유대감을 느끼는 사람들도 있다면 꼭 만나서 그 숫자를 헤아려보고 싶습니다."

사실, 이 작가가 비록 "총독부에서 줄 긋는 일을 하는" 식민지 관료 이해명을 나레이터로 설정하고는 있지만 그의 시선으로 사태를 바라보고 있는 것은 아니다. 그는 끊임없이 희화화되고 점차로 더욱더 자가당착에 빠질 뿐이다. 그렇다고 이 친일파(이러한 의식조차 없는 그를 이런 용어로 부르는 것이 타당하기는 한가. 작가에 따르면 이러한 개념적 구분 자체가 무의미할 터이다)의 복수의 대상이자 역사적 정당성을 부여받고 있는 카페 여급 조난실과 그녀의 가상의 남편 테러 박, 그리고 그들을 옹위하는 열혈 젊은이들의 그룹인 '이십세기모던이미지댄스구락부'의 멤버들을 옹호하는 것도 아니다. 그들은 소설 속의 행적이 그러하듯 모험소설이나 활극의 주인공들마냥 자기 흥에 도취된 '돈키호테'들처럼 보일 뿐이다. 『모던보이』는 부정적 주인공을 전면에 내세운 역설적 '계몽소설'이 아니다. 오히려 이 소설이 진정으로 관심을 기울이는 것은 이토록 발칙하고 뻔뻔스러운 '뒤집기'를 통해 이제까지 익숙하게, 혹은 당연하게 이해되고 분류되어온 역사적 사실들을 뒤흔드는 일이다. 이를테면, 익숙한 것으로부터의 결별, 새로운 지형지물의 배치를 통한 낯설게 하기와 같은 것들 말이다. 이해명과 조난실은 결코 만나지 못하는 하나의 대척점이다. 그들을 서로의 추함을 되비추는 거울로 기능할 뿐 결코 화해하지 않는다. 그러나 바로 그 점, 하나의 '순정'(그것이 첫사랑의 애인이든 생명을 담보로 하는 이념에의 열정이든 간에)

에 생의 전부를 건다는 점에서 그들은 일란성 쌍둥이들이기도 하다. 그 순간 이해명-조난실-테러 박으로 이어지는 식민지의 왜곡된 근대의 자식들은 하나의 얼굴로 만난다. 불쌍한 미치광이들, 가엾은 희생자들. 『모던보이』는 이 모던타임즈의 막힌 회로 속에서 붕붕거리는 남녀의 실존을 포착하고자 한다. 한바탕의 활극으로, 한 편의 한여름밤의 꿈으로, 가볍게, 우스꽝스럽게, 그러나 현대가 부여하는 권태와 우수와 함께. 그 점은 이 소설의 제목을 통해서도 짐작된다.

"소설 제목에 대해서는 별로 고민하지 않았습니다. 소설을 마쳤을 때 마침 옆에 시사주간지 한 권이 있었는데, 아마 표지가 '현대' 왕회장과 그 아들들에 관한 것이었을 겁니다. 그걸 대충 보다가 만약 이 기사의 표제를 지으라면 무엇으로 할까 생각해 봤는데, 그때 떠오른 말이 이거였습니다. '망하거나 죽지 않고 살 수 있겠니'…… 소설 속에서는 조난실로 상징되는, 이해명으로서는 도저히 따라갈 수 없는 이 세상을 향한 슬프고 우스꽝스러운 비명이었지만, 만약 이해명이 지금 이곳에 나타난다 해도 아마 똑같은 비명을 질러댈 것이라고 생각합니다. 아마 다시 조난실과 같은 여자를 사랑하게 되고요……"

새로운 총독의 취임식을 기다리는 소설의 결말은 끔찍하기 이를 데 없다. 첫사랑의 순정을 짓밟은 애인을 끝까지 뒤쫓아 복수하려고 이를 악물어보아도, 시마 국장의 부인이자 직속 상관인 신스케의 불륜 애인 유키코와 밀회를 해보아도 삶의 권태는 치유되지 않는다. 아니, 보다 심화 확장될 뿐 그 어디에도 출구는 없다. 그러니 어쩔 것인가. 그렇다고 복수를 단념할 것인가, 밀회를 그만둘 것인가. 그것이 망하는 길이라는 것을 알지만 되돌아서기에는 이미 늦었다. 너무 많이 왔거나 되돌아갈 곳이 없기 때문이다. 조난실과 테러 박이라고 해서 다른 결론이 기다리고 있는 것은 아니다. 그들의 세계는 언제나 죽음의 위협 속에서 춤춘다. 망하지 않는다면 죽는 것이다. 식민지 모던타임즈의 키즈에게 다른 길을 선택할 수 있는 가능성은 애초에 봉쇄되어 있다. 이러한 결론이 지나치게 허무적이고 냉소적인 느낌을 주는 것은 사실이다. 소위 역사에 관한 비관주의는 언제나 절망이나 분노의 경험과 맞닿아 있지만 아직 이십대 초반인 이 작가에게 그 근원을 묻는 것은 조금은 섣부른 감이 없지 않다. 그러나 절망의 경중을 무엇으로 견줄 수 있을 것인가. 모든 세대는 모두 자기 나름의 역사적 질곡을 안고 있을 뿐이다. 모든 역사 속에서 신세대는 언제나 건방지고 경박한 역사의식의 소유자일 수밖에 없다.

"문창과에서의 소설쓰기 수업은 저로서는 처음으로 무언가에 열중해본 소중한 경험이었습니다. 그러나, 어느 날부터인가 마치 등단을 위해서 작가가 되려 하는 건 아닌가 하는 생각이 들기 시작했습니다. 기존의 젊은 작가들의 작품들을 보고 비슷하

게 흉내를 내려 애썼는데, 저와는 전혀 맞지 않는다는 걸 깨닫
게 되었습니다. 여성작가들은 왜 다들 방 안에 틀어박혀 슬픈
얘기나 하고, 불행한 결혼을 기어이 해서 불륜을 저지르는지, 대
체로 너무나 어둡고, 진지하고, 내적인 이야기들에만 관심을 기
울이고 있는 것 같아서 불만을 품게 되었습니다. 물론 그러한
색깔의 글들도 필요하겠으나 제가 나아갈 방향은 아니라고 결론
지었습니다. 사실 문학뿐만 아니라 문화 전반에 자리잡고 있는
가당치 않은 엄숙주의와 그 반대급부의 허무주의에 대해 평소에
도 불만이 많았습니다. 저는 지금 영화를 공부하고 있는데 학생
들이 만든 단편영화들을 봐도 마찬가지입니다. 너무 어렵고, 자
기 넋두리에 그치는 경우가 많습니다. 물론 저처럼 지나친 진지
함에 반기를 든 사람들의 경우 그 날아가버릴 듯한 가벼움으로
인해 진짜로 날아가버린 예를 많이 보아왔고, 주위에서도 이 때
문에 염려를 많이 합니다. 그러나 극단까지 가본 사람만이 다시
힘차게 튀어나올 수 있다고 생각합니다. 오에 겐자부로의 주인
공들을 좋아하는데, 떳떳하지도 강하지도 못한 인물들이 자신의
불안과 공포를 끝까지 쫓아가 허우적거리며 싸우다 간신히 살아
나는 모습을 존경하기 때문입니다. 그런 인물들을 만들고 이끌
어나가기 위해서는 저 자신부터 단련되어야 한다고 생각합니다.
앞으로 어설픈 비관과 허무주의에 빠져 조루에 시달리는 일이
없도록 열심히 경계하며 나아갈 생각입니다. 첫 작품에서 대놓
고 사회의식과 역사관은 나 몰라라 뻔뻔하게 도망가버린 저이지

만 사실 제가 존경하는 작가들은 나이가 들어서도 끝까지, 넘쳐
나는 자의식과 사회 현실과의 고리를 놓치지 않고 온 힘을 다해
팽팽히 잡아당기고 있는 흰머리의 반항아들입니다. 그들을 닮고
싶은 게 제 솔직한 바람입니다. 아직 어리지만, 바로 그렇기 때
문에 더더욱 사람들과 세상 앞에 제가 하나의 작가로서 자라나
는 모습을 정직하게 보여줘야 된다고 생각합니다. 아직은 불안
정하지만 저 자신만의 강하고 역동적인 색깔과 목소리를 만들고
싶습니다. 그래서, 절대로 많이 있을 수도 없고, 많이 있을 필요
도 없고, 많이 있어서도 안 되지만, 한 명 정도는 꼭 존재해야만
하는 그런 작가가 되고 싶습니다."

이제 막 걸음을 뗀 이 작가가 우리 문학의 소중한 재목으로
자라기를 바라는 것은 당연한 일이다. 그녀 특유의 발칙함, 뻔뻔
스러움, 수선스러운 유희 정신, 시치미 뚝 떼고 단도직입적으로
찌르고 들어가는 활달한 문체, 너무 노회하다는 느낌이 들 정도
로 일찍 발산되고 있는 삶에 대한 균형감각 등 『모던보이』의 작
가 이지민의 앞날에 그의 문학적 장기들이 중요한 몫을 해주기
를 바란다. 그 가능성의 절반은, 이제, 우리들의 몫이기도 하다.
많은 관심과 애정을 기울여주기 바란다.

간혹 지하철에서 정신나간 사람들을 만나게 됩니다. 어느 날 만난 한 행려병자는 장장 한 시간에 걸쳐 전직 대통령들과 자신과의 막역한 관계, 그 때문에 보내야 했던 음모와 수난의 세월, 그리고 지금 이 순간에도 자신을 쫓아다니고 있는 검은 그림자에 대해 시커먼 눈물까지 흘려가며 절규하듯 떠들어댔습니다. 그 앞에서 전 혹시 눈이라도 마주칠까봐 열심히 조는 척을 했었지만, 그가 내뿜는 독특한 땀냄새와 매서운 열기 때문에 진짜로 잠을 잘 수는 없었습니다. 이상하게도, 이 소설을 쓰는 동안 전 가끔 그런 사람들을 생각하곤 했습니다. 더럽고 추한 몰골의, 그러나 쉼 없이 움직이던 그 입술만은 윤기 나게 반들거리던 이상한 사람들……

그들을 떠올릴 때마다 제가 느꼈던 감정은 부러움이었습니다. 거짓말을 하기 위해서는 그 거짓말만큼의 힘과 지혜와 무엇보다 용기가 필요한 것이 아닐까 하는 생각이 들었기 때문입니다.

사실, 저는 작가가 되겠다는 일념 하나로 전진해온 문학청년이 아닙니다. 물론 소설을 써보겠다고 한밤에 일어나 밤새도록 꼼지락거리던 시절이 기억 어딘가에 있기는 하나 계속 이어지지는 않았습니다. 열정이 식어서가 아니었습니다. 그건 열정의 문제가 아니라 자세의 문제였습니다. 작가가 되기 위해 급급하기보다는 우선 세상에 대해 좀더 여유 있고, 날카롭고, 떳떳한 기세로 맞설 수 있는 배포 큰 어떤 사람이 되는 게 저의 꿈이었습니다. 저에겐 그 꿈을 이루는 일이 작가가 되는 것보다 더 어렵고 중요하며, 따라서 반드시 이루어내야 할 소중한 일이었습니다. 그러나, 그 꿈은 보기 좋게 깨어지고 말았습니다.

지난 어느 봄날, 평소와 같이 늦잠을 즐기고 있던 전 갑자기 이불을 걷어차며 벌떡 일어나서는 발바닥을 박박 긁으며 앉았다 일어났다 정신없이 방 안을 돌아다니기 시작했습니다. 뭘 잘못 먹어서가 아니라, 입이 너무 근질거렸기 때문입니다. 참을 수 없을 지경이었습니다. 꿀이 잔뜩 묻은 입술 위로 개미 군단이 행진하고 있는 듯한 느낌이었습니다. 마치 늑대 생각만 해도 입 안에 달콤한 침이 고이는 양치기 소년이 된 것 같았습니다.

자다가 봉창 두드리듯이 그렇게 저는 어느 날 갑자기 거짓말쟁이가 되기로 마음먹었습니다. 내 모든 용기와 지략을 동원해 흔들리는 지하철 한가운데, 그 수많은 무관심과 경멸의 눈동자들 한가운데 우뚝 서보고 싶었던 겁니다. 왜 그랬을까요? 제 꿈은 분명 배포가 큰 사람이 되는 거였는데 말입니다. 그 강한 거짓말 충동의 원인은 아무래도 제 안에서 소용돌이치고 있던 정체불명의 에너지에서 찾아야 할 것 같습니다. 그걸 분노나 열정과는 격이 다른 오기나, 치기, 사기 등등으로 불러도 할말 없으나 어디까지나 제 것이므로 전 그걸 감히 에너지라고 부르고 싶습니다. 그 에너지의 출현은 어느 날 우연인 것처럼 보이지만, 사실 그건 제 몸 또는 영혼 어딘가에서 꽤 오랫동안 숨어살고 있었습니다. 너무 오래 잠잠히 방치돼 있던 그것은 썩기 일보직전이었습니다. 따라서 썩기 전에 터뜨려야 했습니다. 제 몸의 위생 문제 때문이 아니라, 에너지란 원래 움직이는 운명이니까요. 비록 거짓말하다 비명횡사할 운명일지라도, 전 그 죽음이 헛되다고 생각지 않습니다. 양치기 소년처럼 전 인류에게 교훈을 남기지는 못하지만, 세상에 필요한 게 교훈만은 아니니까요.

그리하여, 비록 지금 저란 존재가 양치기 소년과 다정한 형제지간이라 하여도 언젠가는 분명 착한 마을 사람들에게는 평화를 전하는 기특한 거짓말쟁이가 될 수 있지 않을까 조심스레 희망해봅니다. 아직도 몸 어딘가에서 스멀스멀 기어오르는 에너지 때문에 아무래도 꽤 오랜 시간 제 입은 쉬지 못할 것 같습니다.

글을 다 쓰고 나서 얻게 된 깨달음이 있습니다. 어리석게도 쓰는 것은 혼자 해도 읽는 것은 혼자 하는 것이 아니라는 진실을 잠깐 잊어버렸던 것 같습니다. 이제는 절대 한시도 잊어버려서는 안 되겠습니다. 이번 상은 저에게 불침과도 같이 온몸을 움찔 떨게 만드는 그러한 깨달음을 주었다는 것만으로도 너무 소중합니다. 이제 그 불침을 발가락 사이에 소중하게 끼운 채 절대 꺼뜨리지 않기 위해 온 발바닥에, 온몸에, 온 정신에 힘을 주고 조심조심 열심히 앞으로 걸어나갈 생각입니다.

감사드릴 분들이 너무 많습니다. 우선, 저에게 많은 것들을 가르쳐주시고 언제나 격려해주신 한신대 문창과 교수님들 모두에게 깊은 감사를 드립니다.

또한, 한없이 부족하고, 괴상하고, 수상한 작품을 너그럽게 포용해주신 심사위원 세 분 선생님께도 감사드립니다. 앞으로 점점 나아지는 작품들을 가지고 부지런히 찾아뵙겠습니다.

그밖에 내 착한 동네 친구들과, 글 쓰는 동안 묵묵히 지켜봐주며 도와준, 고양이 흰둥이·업둥이, 여름·미은 언니, 친구 호준이에게 고마운 마음을 전합니다.

그리고 무엇보다, 부모님께 감사드립니다.

이지민

팔 년 만에 개정판이 나오게 되었다. 한번 말하려면 일단 심호흡부터 해야 하는 '망하거나 죽지 않고 살 수 있겠니'라는 악명(?) 높은 제목보다 한결 쉽고 알맞은 제목을 달고서 세상에 다시 나온 것이다. 하지만 소설은 그대로이다. 주인공인 불쌍한 나의 이해명은 사랑하는 여자를 찾기 위해 오늘밤도 경성 거리를 헤매고 있다. 그는 아마도 영원히 그럴 것이다. 오, 딱하지만 어쩔 수 없다. 그 동안의 이야기를 해야겠다. 이 소설로 소설가가 되었기에 당연히 나에게는 의미가 큰 작품이다. 하지만 이상하게도 나는 늘 이 소설과 마음의 거리를 유지하려고 애썼다. 뭐랄까. 다시는 갈 수 없는 여행지를 떠올리는 일조차 안타까워 그냥 잊어버리려는 사람처럼 말이다. 한동안 그러한 심정으로 지냈는데 얼마 전부터는 조금 편안해졌다. 수수께끼를 푼 기분이랄까. 나는 늘 궁금했었다. 내가 왜 이 소설을 썼는지, 왜 뜬

금없이 경성으로 날아갔으며, 왜 그런 문제적 인물들을 만들어
냈는지. 결국 내 글 속에 숨어 있는 나를 끄집어내어 답을 들었
다. 그 답을 다른 이들과 나눌 기회는 차차 있으리라고 본다. 충
실한 희극배우는 타인을 웃기지만 자신은 웃지 않는다. 왜냐하
면 자신은 비극 속에 살고 있기 때문이다. 아마 나는 그런 소설
을 쓰고 싶었을 것이다. 이 책을 '망하거나 죽지 않고' 다시 살
아보라 격려해주신 모든 분들께 감사의 인사를 드린다.

2008년 9월

모던 서울에서 이지민

문학동네 장편소설

모던보이—망하거나 죽지 않고 살 수 있겠니

ⓒ 이지민 2008

1판 1쇄	2000년 9월 15일
1판 5쇄	2007년 7월 10일
2판 1쇄	2008년 9월 19일

지은이 이지민 | 펴낸이 강병선

책임편집 조연주 서현아 | 디자인 박진범 유현아
마케팅 장으뜸 방미연 정민호 신정민 | 제작 안정숙 차동현 김정후

펴낸곳 (주)문학동네
출판등록 1993년 10월 22일 제406-2003-000045호
주소 413-756 경기도 파주시 교하읍 문발리 파주출판도시 513-8
전자우편 editor@munhak.com | 전화번호 031)955-8888 | 팩스 031)955-8855

ISBN 978-89-546-0672-1 03810

* 이 책의 판권은 지은이와 문학동네에 있습니다.
  이 책 내용의 전부 또는 일부를 재사용하려면 반드시 양측의 서면 동의를 받아야 합니다.
* 이 도서의 국립중앙도서관 출판시도서목록(CIP)은 e-CIP 홈페이지(http://www.nl.go.kr/cip.php)에서
  이용하실 수 있습니다.(CIP제어번호: CIP2008002787)

www.munhak.com

한국문학을 이끌어가는 힘!
문학동네소설상 수상작

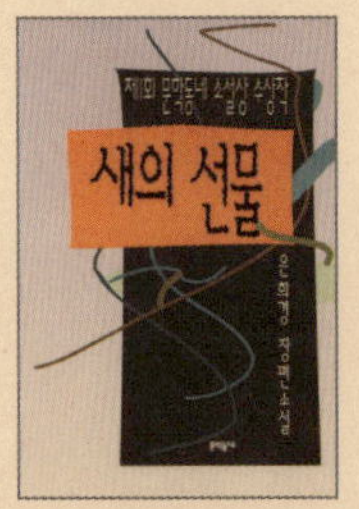

제1회 새의 선물 은희경

대형 신인의 포문을 연 한국문학의 대표작가 은희경의 탁월한 역량이 유감없이 발휘된 수작. 일상 속에 숨겨진 허위와 생에 대한 가차없는 시선, 시종 웃음을 자아내는 해학적 문체와 치밀한 심리묘사가 돋보인다.

*책이랑 선정 좋은 청소년 책
*전문가가 뽑은 90년대 책 100선

제2회 아무 곳에도 없는 남자 전경린

읽는 이를 저 두려운 낯섦 속에 빠뜨리고, 뜨거운 정염의 불길로 서슴없이 충격을 가하는 귀기의 작가 전경린의 첫 장편소설. '심장에서 그대로 튀어나온 소설'이라는 평가를 받은 화제의 작품으로, 시종 흐트러지지 않는 호흡과 강렬한 문체가 읽는 이를 사로잡는다.

제3회 예언의 도시 윤애순

혁명과 사랑, 음모와 배반이 뒤엉킨 장대한 비극적 대서사시. 힘있는 주제의식과 뛰어난 서사성을 구비하고 있는 작품으로, 다양한 등장인물의 욕망과 관능의 에너지가 원색적인 아름다움과 비의적 색채 속에 녹아들어 있다.

제5회 숲의 왕 김영래

신화적인 관점에서 '인간'을 복원하고 있는 소설. 자연의 생명력을 묘사하는 시적인 문장은 충격적인 아름다움을 느끼게 하며 인간의 삶에 관한 통찰력은 잠언과 경구의 깊이로 다가온다. 신성한 자연의 음성을 들려주는 듯한 이 소설은 가히 우리 소설의 충격이다.

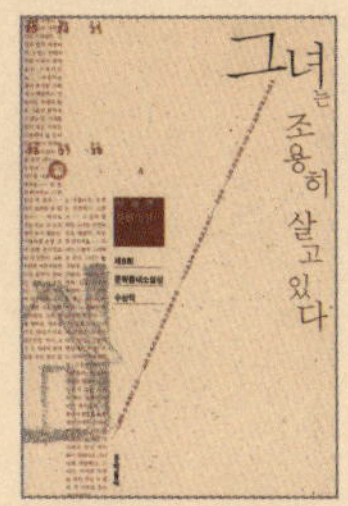

제8회 그녀는 조용히 살고 있다 이해경

거침없는 구어체 문장, '오해의 연속'으로 이어지는 줄거리. 냉소와 조롱의 언어를 통해 좌충우돌, 갈팡질팡의 횡보로 끙끙대는 21세기의 소설가 지망생을 그려나간다. "쓴웃음과 함께 가슴 찡한 아픔을 자아내는" 풍경이다.

제10회 고래 천명관

『고래』는 소설에 대해 우리가 가지고 있는 기존의 상식을 보기 좋게 훌쩍 비켜서는, 놀랄 만한 다채로움과 독특한 개성을 지니고 있다. 낯섦과 기이함, 동시에 상당한 당혹스러움과 저항감을 안겨주며 시작되는 이 소설은 이야기가 진행될수록 굉장한 흡인력을 발산하면서 결말까지 숨가쁘게 몰입하게 만든다.

*한국간행물윤리위원회 선정 청소년 권장도서   *한국문화예술위원회 선정 우수문학도서
*한국출판인회의 선정 이달의 책

제11회 수상한 식모들 박진규

질주하는, 전복적인, 쾌활한 상상!
그들의 보복은 비장미가 없는 대신 유쾌했고, 폭력적이지 않았지만 잔혹했다. 그리고 모두 여성으로 이루어져 있었다. 그녀들의 집단을 우리는 '수상한 식모'라고 부른다.

*한국문화예술위원회 선정 우수문학도서

제12회 캐비닛 김언수

최초로 심사위원 만장일치를 이끌어내며 '괴물' 같은 작가의 출현을 알린 화제작. 172일을 잠만 자는 토포러, 인생에서 몇 시간씩, 며칠씩 시간을 잃어버리는 타임스키퍼, 남녀 성기가 한 몸에 있어 자가수정이 가능한 네오헤르마프로디토스…… 상상불가의 변종들에 대한 기발하고 대담한 상상을 탄탄한 필력과 능청스런 입담으로 풀어놓는다.

*2007 문화관광부 교양도서

제13회 달을 먹다 김진규

이해와 오해, 사랑과 사랑 아닌 것의 미묘한 간극이 불러온 치명적인 로맨스! 영정조시대를 배경으로 엄격한 법도와 완강한 신분질서가 작동하던 그 시절, 사랑에 죽고 사는, 금지된 사랑에 눈멀어 위험한 죽음충동에 몸을 맡기는 인간군상의 모습을 그려 보인다.

*한국문화예술위원회 선정 우수문학도서